沈文海◎著

初连世界

——北京气象通信枢纽建设追记

世界知识出版社

图书在版编目（CIP）数据

初连世界：北京气象通信枢纽建设追记 /沈文海著.
北京：世界知识出版社, 2025.2 — ISBN 978-7
-5012-6921-1

Ⅰ.Ⅰ25

中国国家版本馆CIP数据核字第20246KU629号

书　　名	**初连世界**	
	Chu Lian Shijie	
著　　者	沈文海	
策　　划	席亚兵	
责任编辑	薛　乾	
责任校对	张　琨	
责任印制	李　斌	
封面绘图	陈　修	
封面设计	北京麓榕文化	
出版发行	世界知识出版社	
网　　址	http://www.ishizhi.cn	
地址邮编	北京市东城区干面胡同51号（100010）	
电　　话	010-65233645（市场部）	
经　　销	新华书店	
印　　刷	北京盛通印刷股份有限公司	
开本印张	787毫米×1092毫米　1/16　14½印张	
字　　数	176千字	
版　　次	2025年2月第1版　2025年2月第1次印刷	
标准书号	ISBN 978-7-5012-6921-1	
定　　价	45.00元	

▲ "315基地"部分工作人员合影（1972年，吴增祥提供）

▲ 广州工学院中央气象局电子计算机软件短训班（1976年，李毅提供）

▲ 广州工学院中央气象局电子计算机硬件短训班（1976 年，李毅提供）

▲ 徐家奇在日本培训期间留影（1977 年，徐家奇提供）

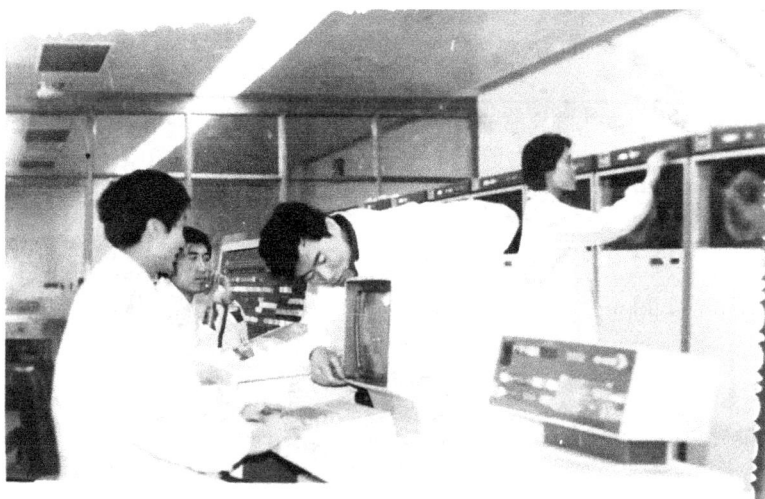

▲ BQS 系统主控台（1980 年，李毅提供）

▲ M-160 机操控室（前方右起为董庆、徐杰芙。1980 年，马明提供）

▲ M-170 机操控室（1980 年，马明提供）

▲ 国产 DJS-11（"150 机"）计算机操控室（右一为赵西峰。
1981 年，赵西峰提供）

王春虎

经过 70 多年的建设和发展，我国的气象现代化水平取得了举世瞩目的发展成就。目前，全国已经基本建成了先进的立体综合气象探测系统，四通八达无处不在的高速通信网络，时效和精度不断提高的预报预测业务系统，服务质量越来越好的气象服务系统。

回顾中国气象现代化的发展历程，有人会问，气象现代化建设最早是从什么时候、什么项目开始的？在气象现代化发展中，其标志性的工程建设项目是哪一个？对于这些问题，估计现在为数不少的人回答不了或者回答不准确。本书就是要告诉这些答案：我国的气象现代化建设是从 20 世纪 70 年代中期气象通信的自动化开始的，其标志性的工程建设项目就是北京气象通信枢纽系统工程（简称"BQS 系统工程"）。

BQS 系统工程从 1975 年开始建设，1980 年 1 月正式建成，1991 年系统终止业务运行，累计服役 12 年。

BQS 系统工程建成了北京气象中心业务大楼（现在的中国气象局机关大楼），建成了各种有线和无线通信机房，引进了日本日立公司 2 台 M-160II 和 1 台 M-170 计算机及其配套设备，建成了以计算机为主要工具的自动化气象通信系统。BQS 系统的主要业务功能有：

➤国际、国内气象通信电报的自动接收，自动转发和自动编辑发送；

➤国内外气象电报资料的收集、识别、编辑处理和存储管理;

➤气象资料的填图与绘图处理;

➤为我国开展数值预报业务提供计算机资源与环境。

BQS 系统工程作为气象部门最早实施的现代化建设项目,不仅在中国气象事业发展史上实现了多个"第一",而且某些方面在国内,甚至国际也是"首次"。

BQS 系统是全国第一个引进的国外先进通用大型计算机系统,百万次大型计算机的引进及成功应用在我国也尚属首次,它打破了国外对我国一直坚持的高技术封锁。

BQS 系统是中国气象发展史上的第一个大型气象现代化建设项目。BQS 系统的建成,使我国气象通信在上世纪 80 年代初从国家一级开始,第一次告别了手工作业和半自动化的通信方式,在全国通信行业中率先实现了计算机自动化通信,是我国第一代自动化气象通信系统。

BQS 系统建设的北京至德国奥芬巴赫之间的高速通信线路,是世界气象组织全球电信系统(GTS)主干网中第一个实现 9600bps 高速传输的线路段。

BQS 系统安装应用的 6 台大型 X-Y 绘图机,使气象填绘图业务第一次从人工作业方式,迈向自动化填绘图。填图的速度和时效大幅度提高,自动化填图比人工填图的效率提高了 5 倍。

BQS 系统的建成与投入运行,使北京第一次成为名副其实的世界气象组织亚洲区域气象通信枢纽,从而充分发挥了我国在世界气象组织的作用,确立了我国在国际气象领域中的地位。

从 1980 年 1 月 BQS 系统正式运行开始,气象通信数据第一次采用磁介质存档,改变了几十年来用纸质电报纸保存气象电报的落后方式,提高了气象资料档案的数字化管理和服务水平。

BQS 系统在引进国外先进计算机技术的同时，也第一次引进了工程化的系统设计技术、软件工程开发技术、规范化的工程管理技术和系统管理技术，这在国内也属于首次。

如上所述，BQS 系统的建成，不仅给我们留下了一套先进的计算机通信系统，也给后人留下了许多无形的宝贵财富。这些财富已经并将继续在气象事业发展中发挥重要作用。

BQS 系统工程从开始建设距今已将近 50 年了，当年的亲身参与者也都年事已高。由于该工程在气象历史上的重要性和特殊性，亲身参与该工程建设的人，回想起当年的建设情况仍记忆犹新，谈起当年的建设过程如数家珍。他们都为能亲身参加项目建设、为实现气象通信现代化作出应有的贡献而感到骄傲和自豪。本书就是通过目前还健在的项目亲身参与者的回忆及口述，还原和追记近 50 年前 BQS 系统建设的珍贵历史资料，总结项目建设的宝贵经验，为后人学习和了解气象现代化发展历史提供翔实资料。

在本书即将面世之际，首先要感谢为本书提供口述素材的各位老同志。他们在年迈不便的情况下，多次参加座谈，提供当年 BQS 系统建设的亲身经历情况。感谢他们的热情参与，感谢并铭记他们为气象现代化所作的无私奉献。其次，感谢本书的作者，面对众多的访谈素材和文献内容，不辞辛苦，经过归纳整理，形成一部主题鲜明、内容丰富的纪实性文稿。还要感谢那些为开展此项工作从事组织协调、付出辛勤劳动的信息中心有关部门的领导和同志们。

王春虎

2024 年 5 月 25 日

序 二

姚奇文

通过查找历史资料文献，走访老领导、老专家、参与工程的科技工作者，以 BQS（北京气象通信枢纽）系统建设为主体，把零星分散的相关历史汇总，形成较为系统全面的文字记载，加上生动风趣描述，读（听）起来，颇感兴趣。

BQS 系统是我国第一个建成的计算机自动化转报系统。它免除了大量劳动强度大、烦琐的手工收发报操作；保证了质量，提高了气象信息传输速度，为数字化传输和中国加入全球气象通信系统提供了技术支撑。同时为开展数字天气预报、气象科学研究提供了稳定可靠的大型计算机系统。系统建设中培养锻炼了一批信息系统设计、用户程序设计、运行维护和管理人才。

BQS 系统订货合同包括 8 个附件：

附件 1，关于 BQS 系统功能和设计条件的规定。

附件 2，BQS 系统设备价格一览表。

附件 3，编制软件的分工与有关规定。

附件 4，技术资料和图纸的内容，交付时间和方法。

附件 5，BQS 系统工程计划进度表。

附件 6，检验及系统试验的方法和项目。

附件 7，关于卖方派遣技术人员的规定。

附件 8，关于买方人员的训练和实习的规定。

即使在四十多年后的今天，BQS 系统工程建设经验、合同附件和系统功能规格书，仍可作为现代大型复杂信息系统建设范本借鉴参考，尤其对新入职人员很有用。

姚奇文
2024 年 5 月 26 日

目录

缘 起

1971 年 10 月 25 日，第 26 届联合国大会全体会议通过了第 2758（XXVI）号决议，恢复中华人民共和国在联合国的合法席位。据报道，当大会主席宣布表决结果时，会场上一片欢腾。许多国家的代表握手拥抱、欢呼雀跃、相互祝贺，"还有一些人跳起舞来……"

不久，我国派出了以乔冠华副外长为团长的中国代表团赴纽约参会，并留下了著名的摄影作品《乔的大笑》。

加入 WMO

世界气象组织（WMO）是联合国的专门机构。为响应和执行第 26 届联合国大会第 2758 号决议，该组织采取了积极行动，于当年 11 月 26 日就中华人民共和国在组织中的代表权问题进行了通信表决。表决结果于次年（1972 年）的 2 月 24 日统计公布：70 票赞成，21 票反对，8 票弃权。决议承认中华人民共和国的代表为中国在世界气象组织的唯一合法代表。当日，世界气象组织秘书长戴维斯致电我国外交部长姬鹏飞，通知了表决结果。姬外长于当年 3 月 9 日电复戴维斯秘书长，邀请其于 3 月 19—25 日访华。在此以前的 1972 年 1 月 21 日，中央领导同志已经批准了外交部、总参谋部呈报的《关于我国进入联合国世界气象组织的请示报告》。

1972 年 3 月 19—25 日，戴维斯秘书长应中央气象局邀请访华，双方就中国批准该组织公约、委任常驻代表、参加区域协会和各技术委员会等有关具体程序进行了会谈。访华期间秘书长还向我方详细介绍了该组织的组织机构及业务科研等情况，并就完备加入世界气象组织的各项程序提出了有益的建议。姬鹏飞外长于 3 月 23 日会见了戴维斯秘书长。

为进一步了解情况，1972 年 7 月 14 日，应世界气象组织秘书长的邀请，中国派出了由当时的副局长张乃召为团长的中央气象局代表团，赴日内瓦世界气象组织总部，进行了为期三周的考察和学习。

……

得悉讯息

现在的中国气象局，就历史沿革而言，总共有四个名称。

1950—1954 年：中央军委气象局。

1954—1982 年：中央气象局。

1982—1993 年：国家气象局。

1993 年至现在：中国气象局。

1972 年前后，正是冠名"中央气象局"的阶段。

时值"文革"，天下鼎沸，纲纪俱废。1967 年全国施行军管，军代表进驻中央气象局，全面接管了各项工作。1969 年 12 月 4 日，国务院、中央军委以（69）国发 50 号发出《关于总参军事气象局与中央气象局合并问题的通知》，决定两局正式合并，按新的组织机构办公。中央气象局与总参气象局名称均予保留，归总参谋部建制，军代表孟平任局长——这也就是为什么中央于 1972 年 1 月 21 日批准的《关于我国进入联合国世界气象组织的请示报告》是由外交部、总参谋部联合呈报的原因。

1968年9月30日，毛泽东主席对《柳河"五·七"干校为机关革命化走出条新路》一文的批示以"最新指示"发表后，各中央、国家直属机关单位热烈响应，纷纷在外地建立起本单位的"五七干校"。1969年3月2日，中苏在我国东北边境爆发了"珍宝岛事件"，国内以"提高警惕、保卫祖国"和"要准备打仗"为口号的战备活动迅速成为当时的主要工作内容之一。北京城内到处可见挖掘防空洞的施工现场，中央和国务院直属单位更加快了以疏散为目标之一的下干校活动。至1969年年底，中央气象局大院内人走了一多半。原本有500多人的大院内，业务单位门可罗雀，只勉强支撑各项主要工作不至荒废。

这种情况在两年之后发生了改变。

1971年，"九一三事件"发生，举国震惊，人们开始思考目前发生的凡此种种。周恩来总理以此为契机，开始着手逐渐恢复此前被破坏摧残的社会秩序、生产秩序以及关乎国计民生的各种业务秩序。

1972年7月26日，"7203"号台风（即"3号台风"）预报出现失误，给京津地区尤其是渤海沿海造成重大损失，震惊国务院。据当年的老同事们回忆，周总理在听完气象局有关领导就这次台风相关事宜的汇报后说道，你们不要做检讨了，你们缺什么，提出来。

就当时的气象部门而言，即便在"文革"最混乱时期（如造反派掌权时期）气象业务也没有完全停止，但大批的业务科研技术骨干下放干校劳动，毕竟给正常业务科研工作造成了难以克服的困难。因此，当时急切所缺者，一是人，二是装备。于是，7月30日，周恩来总理在批示中指示："……由国务院业务组将气象局的业务抓起来……人不够要从'五七干校'调回，或者将转业或遣散走的调回……"

自此，位于江西九江的中央气象局"五七干校"中的下放干部职工陆续大批返回北京。

与此同时，总参谋部在"肃清林彪反党集团流毒"的运动之下，开始了一系列的整顿工作。其中之一便是"军队要搞现代化"，并"首先从装备搞起"。总参下属各部局都要搞装备现代化规划。当时尚归总参谋部治下、处于"两局合并"状态的中央气象局亦无例外，于当年秋天成立了"气象装备现代化规划小组"。据当年的老人们回忆，"规划小组"组长由崔实（前中央气象台台长，老革命）担任，副组长为邹竞蒙等。此前邹竞蒙一直在位于贵州的空军"五七干校"劳动改造，"气象装备规划小组"的成立，让他得以调入中央气象局，并逐步进入局领导核心。由于最初邹领导是以"借调"的身份参与"规划小组"工作的，所以一度是身着军装出现在中央气象局众人面前的，形象潇洒倜傥。

当时一些已从干校调回北京，且外语较好的中青年如曹鸿兴、史国宁、纪乃晋等，在崔、邹等几位领导的率领下，开始组织翻译国外气象发达国家的相关报道、情况介绍，以及世界气象组织历年来所公布的相关文件。翻译工作在气象研究所那栋灰色的小楼里（现局大院北区13号楼）的一间十几平米的办公室里有条不紊地进行着。诸翻译官夜以继日，挥汗如雨，孜孜不倦，将翻译结果定期报送局"核心领导"分析判断。

不久，翻译文件中的一条信息引起了邹竞蒙等几位领导的关注。世界气象组织发布了"1972—1975世界天气监视网"以及配套的"全球通信系统"计划，准备于今后几年大幅提升全球电信系统（Global Telecommunication System，GTS）和亚洲区域通信网（Asia RTN）的传输速率。其中东京—华盛顿、东京—伯力、东京—墨尔本等线路将由原来的50bps速率提升至1200bps——但，该计划与中国无关。

那时的气象通信

笔行至此，有必要停下来，扼要介绍一下气象通信。

众所周知，气象预报离不开大气、水体、植被、冰雪乃至岩石等各圈层的实时状态（我们称之为"观测资料"），因此气象观测资料有着被称为"高度分散、高度集中"的基本特征。所谓"高度分散"，是指观测场地的广泛地理分布，因为预报员需要了解并掌握所有（尤其是具有代表性的）地方的观测情况，包括城市、农村、高原、沙漠、荒岛、滩涂、海洋、冰川……而这里面的不少地方是不适于人类居住生活的。所谓"高度集中"，是指需要把所有这些观测资料全部汇聚到预报员桌面上，综合分析，统筹考虑，才可能做出更为准确的气象预报来。

如何将"高度分散"的观测资料在允许的时间范围内"高度集中"到预报员桌面，这是气象通信部门需要解决的问题。

新中国成立之初，各地民用通信设施水平参差不齐，一些地方甚至相当落后。由于军事斗争、恢复生产以及启动建设等方面的需要，气象部门短短几年内在全国各地陆续新建了许多气象站以及配套的观测场。到"一五"末期，全国数目已达1500有余，较之刚解放接收的几十个民国气象台观测场，有了长足的飞跃式发展。为满足气象观测资料"高度集中"的特征要求，须将观测资料及时传回到省气象台和中央气象台。为此，新建观测台站选址时往往尽可能考虑到利用周边的民用通信基础设施，如县邮电局等。而气象观测业务对观测场地的特殊要求，又使得气象台站——尤其是气象观测场——不可能修建在城区。新建观测场往往修建在县城郊区，在观测结束后由值班人员将观测结果编成报文，并由每站所必配的"机要员"对报文进行加密处理后，派年轻力壮者（一般为机要员兼任）徒步或骑乘代步工具如自行车等，赶到县邮电局，将报文层层上传至省气象台和中央气象台。后来不少地方干脆在县邮电局和郊区观测场之间架设专线，以实时传输气象观测报。

对那些民用通信基础设施落后甚至没有的地方，观测资料的传输便只得依靠无线电广播了：气象台配备无线电发报装置及报务员，并在空地上架设发报天线。在日常观测结束，将观测结果编成报文并加密后，由报务员在规定的时间，通过固定频段、固定呼号以摩尔斯电码形式广播出去，由地区、省及中央气象台的报务员接收、抄录后呈送到预报员手中。据当年的老同事回忆，各气象台报务员收发报时，头戴耳机，手按电键，凝神贯注，耳畔一片滴滴答答声，颇具几分二战影片中谍报人员的形象。所不同的是，若气象台所在地供电条件无法满足需求时，发报期间还需由专人摇动手摇发电机，以供发报机用电——其艰苦情形可见一斑。那时相对于民用报文而言，气象报文量大且时效要求高，各地气象台无不以发报速度快、正确率高、发报手法清晰明快作为对报务员的业务要求。以至于上世纪五十年代社会主义阵营举办的第二届国际无线电快速收发报竞赛大会，以及第一届全国无线电高速收发报竞赛大会上，由气象系统派出的男女代表队在全国各有关行业代表中异军突起，获得了团体总分、手抄小组、机抄小组三个团体竞赛第一名，以及个人机抄冠军和个人手抄亚军等优异成绩，并打破一项世界纪录。此事在当时轰动一时。

无线电广播的风行一时，使各级气象台均配置了一定规模的电信队（报务员队伍）。据称中央气象台所配备的电信大队一度规模可观，除接收和发送本国气象报文外，一些业务精湛、经验丰富的老报务员亦时常在一些国外气象无线广播频段之间游走，以收听他们的观测资料。

开通国际线路的愿望

大气是无国界的，只了解掌握国境线内的气象观测资料，对国外——尤其是上下游国家——的观测结果一无所知，仍然无法做出准确的气象预报来。然而建国初期，世界气象组织的中国代表身份由退守岛屿的台湾当局占据，我国政府于上世纪五十年代多次与该组织交涉，皆无结果。正常获取全球气象观测资料的途径一直未能开辟。

1956年10月，在北京召开了中国、前苏联、朝鲜、越南和蒙古五国气象局长及邮电部代表会议，议程主要是建立以北京为中心的国际（区域）气象通信网，交换各国间的气象情报。会议同意建立北京—平壤、北京—河内、北京—莫斯科、北京—乌兰巴托—伯力的国际气象通信线路，同时拟定了相互交换气象情报的具体内容和时间表。后因北京—乌兰巴托线路状况不好，又开通了北京—伯力的直线线路。如此建立起了在我国周边社会主义阵营国家之间交换气象情报的较为稳定的通信链路。

此外，对于那些"非社会主义国家"地区的气象情报，由于当时的国际政治环境，没有建立稳定的通信电路，所以无法稳定获取。说来现在一些年轻人也许不信，那时这些情报的获取，最初只能依靠无线侦听方式，用人耳收听，并手工抄录那些通过无线电传方式广播当地或周边区域气象情报的站点的摩尔斯报文——尤其是其中的台风位置报告。这些需要无线侦听的站点包括东京、关岛、檀香山、新德里、曼谷等。后来技术进一步发展，人工侦听方才逐步升级改造成无线电传接收。

1954 年 10 月，日本中央气象台台长和达清夫先生访华。在会见周恩来总理和访问中央气象局时，和达先生在一再对日本侵华深表谢罪的同时，表达了对中国大陆气象情报的迫切需求。他认为缺少作为大气上游的中国大陆的气象情报，日本的气象业务很难有效开展。和达先生此举，在一定程度上促进了当时中国大陆气象工作"军转民"的转变，以及中国气象情报对外广播工作的开展。然而谁能料到，北京—东京气象通信线路的真正开通，要足足等待将近二十年之久。

19×年×月×日（请读者原谅，因年代久远，当事人多已作古，而档案查询未果，具体日期至今尚未查证清楚），因无线信号质量较为稳定，中央气象台通信大队开始以无线方式接收日本东京通过移频数字电传广播的全球气象观测资料。速率为50bps，传输效果颇不稳定。其他如关岛、檀香山、新德里、曼谷等站的无线广播，亦在此前后陆续升级改造为无线电传接收，速率亦为 50bps。

可想而知，当张乃召以及邹竞蒙等局领导获悉世界气象组织将大幅提升 GTN、RTN 的传输速率，却未将中国纳入其间时，心情是何等的焦灼。因为速率的大幅提升意味着所获取资料量的大幅增加，中国的缺位将使得中央气象局无缘参与这一波全球通信线路大提速，以及由此引出的全球气象资料大共享，从而使其在资料获取和使用方面长期落后于世界其他国家。这将使得原本已落后的中央气象局再失一局，导致在未来很长一段时间内，中国的气象事业发展难有出头之日。

当然，不能将世界气象组织的这番操作简单地视为对华不友好。事实上，在政治层面，该计划在策划和拟定时，中华人民共和国尚未成为世界气象组织的成员国。而在技术层面，这一波气象通信线路大提速需要使用到在现在社会上无处不在，而在当时却十分稀缺、十分陌生，因而也十分神秘的东西——电子计算机。

前世（上）

气象局的身世

追根溯源，新中国的气象部门最初是由"红""白"二部分组合而成的。

所谓"红"部，是指发轫于延安军委三局所属延安气象台，后来成为新中国气象部门行政、业务骨干的气象专业团队。以1938年即投奔延安、曾就读于清华大学气象专业的张乃召（涂长望的弟子）为首，同时还有邹竞蒙、曾宪波等一班有志青年。而所谓"白"部，则是指隶属于中华民国行政院，由我国著名气象学家竺可桢于1927年着手创建，当时以吕炯、卢鋈为正副局长的中华民国气象局，包括其下属的散布于华北、华东、华南等地的几十个地方气象台和观测站。

从翻阅当年一些老同事的回忆录中得知，延安气象台约始建于1944年，最初由盟军派驻延安的美军观察组设立，主要目的是为美空军轰炸日本本土及周边岛屿提供气象背景观测资料，同时服务于刚修建不久的"延安机场"。1945年抗战胜利后不久，美军观察组匆匆撤离，该气象台遂由我军接收管理，并委任张乃召为历史上第一个"红色气象台"——延安气象台的首任台长。据当事人回忆，当年毛泽东主席携一干要人乘美军飞机赴重庆谈判，延安机场的气象保障工作便是由张乃召同志亲自执行并圆满完成的。

1948年解放战争如火如荼，国民党军队兵败一泻千里。按照中央军委指示，原延安气象台的诸同事跟随解放大军的滚滚洪流，一路马不停蹄，——接管新近被解放地区原中华民国气象台站及观测场，并尽可能迅速恢复业务工作。

1949年10月中旬，周恩来总理委托竺可桢、涂长望、卢鋈等协商组建新中国气象局，二人就气象局的隶属问题（隶属于政务院，还是中央军委）进行了深入讨论。鉴于当时特殊的国际、国内形势，最终决定气象局隶属于中央军委。

1949年12月8日，中央人民政府人民革命军事委员会气象局正式成立。同年12月17日，军委主席毛泽东任命涂长望为军委气象局局长，张乃召、卢鋈为副局长。

建国伊始，百废待兴。气象部门观测预报台站既少，装备技术也很落后。据当年主持组建中央气象台通信科的刘泽同志回忆，最初接收民国政府华北观象台（海淀区白石桥五塔寺附近，现中国气象局总部所在地）的"收信机"型号五花八门，有美国的，有英国的，有日本的，还有直接从吉普车上拆下来的。发报机也好不到哪儿去。留下来的天线倒算完整，但只有发射天线，没有收信天线，不得已只好在发射天线杆上拉下一根根金属线，凑合着作收信之用。一根金属线接一台收信机，知道内幕者只要在远处数一下从高高天线杆子上拉下来的金属线的根数，就可大抵知道这个大院里有几台收信机。

那时民国政府遗留下来的全国几十个观测台站中，只有北京、南京两个探空站，且已停止了探空业务。除战乱外，探空仪系美军遗留所剩，存货有限，不堪业务运转也是原因之一。此外，技术人才也十分缺乏，不得已在各地临时举办短期培训班，以敷使用。有些被选来参加培训的年轻人对气象几乎一点概念都没有，竟把地面观测场所用的百叶箱当成养蜂人的蜂箱。

个中甘苦

大局初定，百废待兴。自气象行业创立以来，气象预报与人们的预期总是存在着一定的差距，解放初期更是如此。

那时的天气预报水平固然偶尔有差强人意之时，上上下下对气象工作也缺乏了解和必要的理解。一些刻薄者在怨气驱使下将气象部门的工作用"四大员"来概括，即所谓"东张西望的观测员、滴滴答答的报务员、辛辛苦苦的填图员、胡说八道的预报员"。据瞿心田老人回忆，1952年夏，军委直属政治部在北京中山公园露天音乐厅组织文艺演出，观众千余人。演出开始不久，天上开始下起小雨，观众席中不免出现骚动。组织单位有关同志旋即上台通过麦克风告诉观众，称已与气象台联系，小雨很快会停止，请大家安心观看演出。谁料天公不作美，雨越下越大，且下个不停，不多时观众们个个都被浇成了落汤鸡。眼见局面无法收拾，组织者只得硬着头皮再次上台宣布，因雨太大，演出暂停，各部队按顺序退场。最后忍不住又忿然加了一句：气象台的最后走！以示薄惩。

为了整合国内学术界、业务界的技术力量，尽快提高天气预报能力和水平，1950年6月，中央气象台和中国科学院地球物理研究所共同建立了"联合天气分析预报中心"（简称"联心"），由归国不久的中科院气象专家顾震潮任主任，陶诗言等专家皆名列其间。中央气象台的业务运行以及"联心"日常工作的次第展开，给中央气象局下属通信部门增加了越来越大的压力。

当时的预报员是根据天气图做预报的，而天气图绘制的是当时的天气观测实况。为了绘制一张天气图，散布于各地的气象观测场在规定时间完成观测后，需在规定时间内将观测资料编译成五个数字一组的"五码电报"报文并发送出去。气象台所属通信部门在接收到这些报文后，首先需要将其转译回来，还原成每个观测站的各项观测要素值（即所谓"抄报底"），然后再将这些要素值以数字和图标形式一一填绘到天气图底图的相应地理位置上。这些专用于天气图绘制的底图上事先已印有省、地、县行政区划边界线以及长江、黄河、淮河等主要河流湖泊。天气图又分高空图和地面图：高空天气图填写那些探空站所获取的高空规定层（如700mb、500mb等）的气象要素，如位势高度、气温、相对湿度、风向、风速等，一个规定层（如500mb）一张图；地面天气图则是填写地面观测站所观测到的地面气象要素值。填写完毕，再由经过专门培训的绘图员根据这些数值和图标绘出形态优美、线条流畅的等高线、等温线，以及锋、脊、槽等。如此一幅天气图方才完成，才可以送进气象台会商室，由预报员对其进行分析后，做出预报。

因此，通信部门收报的后面还有译报、填图和绘图三项工序在等待完成，时间实在耽误不起。

气象通信中的有线和无线

军委气象局创建初期的气象通信，就信息收发途径而言，分为有线和无线二种。无线通信方式用人工拍发、接收摩尔斯电码形式的气象报文（亦即所谓"人工抄报"），多用于国内通信条件相对落后的边远和欠发达（目前的时髦用语）地区。

解放初期国内通信基础条件落后，人工抄报曾一度是专区、省、中央气象台获取国内观测资料的主要途径。

无线通信也需要一定的技术条件，上世纪五十年代初黄克诚大将任副总参谋长兼总后勤部部长期间，在当时各方面条件都十分有限，且资金十分匮乏的情况下，曾特批为中央气象局（当时还是军委气象局）修建无线通信天线。到 1953 年年底，位于五塔寺北侧的中央气象局的无线通信天线阵已有 23 副天线之多。其中还有两副定向菱形天线，规模可谓壮观。

初创时期业务尚未规范，各站发报的时间、波长、呼号等皆不固定。报务员当班时需要由领班临时找好波段，然后再行收报。当然，随着业务规范的制订和推广执行，这种现象很快得到了改善。

人工发报，每报只发一次，错过无法及时弥补。因此，收报员在收报时必须全神贯注，尽全力准确收下报文。而发报时间有一定的时长要求，气象报文（尤其是探空报）有时很长，要在规定时间内将其全部发出，这要求发报速度必须达到超高的水准。当时邮电部门正规报务员每分钟拍发 100 字符即可满足要求，而气象部门则要求达到每分钟 120~130 个字符，同时还须保证摩尔斯码的清晰精准。所以，在全国无线电高速收发报竞赛大会上，气象部门选派的选手技压群雄，一举夺得多项冠亚军，还打破了几项世界纪录，便是顺理成章、可以理解的了。

人工抄报也曾在一段时间内用于收集国外气象观测资料。那时国外（尤其是西半球）的观测资料十分稀缺，在没有稳定的获取途径的情况下，为填补天气图上欧洲、美洲地区大片的空白，一些经验丰富、技艺精湛的老报务员经常（甚至专职）侦听这些区域的天气情报。功夫不负有心人，经过不懈努力，这些"侦听者"竟然侦听到了美洲的华盛顿、欧洲的法兰克福、太平洋上的关岛和檀香山，以及北非的开罗、中非的内罗毕等城市和地区的气象广播。这些资料虽然有限，但勾勾连连也能获取到一些无法直接获取地区的气象情报，拼拼凑凑大致可以满足中央气象台及"联心"北半球20时高空天气图的制作需要，实在令人喜出望外。

在外人看来，这些老报务员平日里坐在专设的小屋里，头戴耳机，眯缝着眼睛，一边抽着烟喝着茶，一边在面前桌子上铺开的白纸上随手写着什么，一副悠然自得、优哉游哉的样子，实在滋润得很。其实内行人都知道，他们的工作在当时实在是不可或缺，无可替代，实在是重要得很。由于这些"侦听者"获取资料的来源彼此不一，一些地区的气象广播时间即短，讯号也很微弱，且时断时续，无法保障，从而更凸显出这些资料的珍贵以及寻找的艰难。一旦收取，无不如获至宝。

上世纪八十年代起，随着BQS系统的建成和投入业务运营，这些特殊而神秘的"侦听工作"逐渐消失于无形之中……

通信、天气图和预报

中央气象台每日的天气预报有规定的发布时间，在该时间点以前预报工作必须全部完成。而预报员根本没有时间把收集上来的成千上万个观察站的观测数据一一看过。前面已经做过介绍，天气图是全面、直观了解当前天气状况的非常有效的工具，当时气象台的预报工作都是根据当天当时的地面、高空天气图做出的，因此天气图及时送入中央气象台的会商室，是预报工作顺利完成的首要条件。

天气图的绘制首先是收集各地上传的实时气象观测报，然后是气象报的译码以及气象要素的填图和绘图。这几个环节哪一个出了问题，都将影响天气图的及时送达。在这里，工作的熟练与否起着很大的作用。不少单位为减少工作环节，将收报和填图两项工序合二为一，由气象通信部门的收报员一人承担。这要求收报员非但能够通过听力准确接收摩尔斯电码，同时还须将其记下，并填在天气图相应的位置上（有时还需将一些特殊电码转换成相应的天气符号）。那时的天气图尺幅不大（现在也如此），需要填写的信息又比较多，有时图上一平方厘米的面积需要填写二十多个字符，这无疑又对收报员字迹的工整清晰提出了相当高的要求。所以，收报员的专业素养要求既高，工作强度也相当大。

鉴于上述情况，气象通信部门曾数次在社会上招收十四五岁、头脑灵活、手脚麻利而又政治上可靠的年轻人作为专业人员培训后上岗，专门从事报务、绘图等工作。不用说，这些人除了具备上述技能外，还有着一个令现在许多年轻人羡慕不已的专长：阿拉伯数字写得又快又漂亮，比印刷体都要强很多——这是上岗培训的基本内容之一。

每个做天气预报的气象台都需要绘制天气图，因此在气象通信技术改进之前，每个台都需要拥有一定规模的报务员、绘图员。至上世纪九十年代，气象部门的这一类人员数以千计。按照刘泽、姚奇文等老一代气象工作者所说，这些人在气象岗位上一干就是几十年。在因技术进步而导致原岗位陆续被取消后，他们不得不面临着一次又一次的转岗，一次又一次的"从头再来"。而这个现已大多是耄耋老人的群体始终勤勤恳恳，坦然承受着命运的坎坷，从不怨天尤人，真的是"献了青春献终身"。

他们理应为人们所铭记。

有线通信和电传

从发报端到收报端，报文的传输路径由有形的电子线路来承担，这便是"有线通信"。

无线通信是广播式的，只要有收报机并知道发报的波长、时间、呼号，任何人在任何地点都可收得到报文（除非讯号极其微弱）。有线通信则是点对点式的，只有线路达到的地方，才可收得到报文。除安全性显著增强外，较之无线通信的另一个显著优势就是：由于载体不同，讯号传输的质量有了较好的保障，至少较少受天气条件的影响。虽然很长一段时间里，有线通信一直是以模拟信号来传输数据的。

由于讯号传输质量有了较好的保障，有线通信基本上使用电传机来完成收发报工作。因此，在当时中央气象台电信科的有线报房里，看不到头戴耳机、手按电键的"谍报人员"，而是一台台带有机械键盘和打印字锤的机械家伙，英文打字机模样，比现在家用打印机大两三圈，后面连着若干条电线。这些家伙平时不声不响，到了规定时间却会忽然冷不丁动作起来，哒哒哒哒在卷纸上打印出一行行整整齐齐、由英文字母（一般是报头）和阿拉伯数字（一般五个数字一组，间以空格）组成的报文。有时也会同时从"打字机"的一侧一寸一寸地吐出穿着一排排各式小孔、一般人看着莫名其妙的纸带来。前者是字锤打印出来的"气象报底"，用来人工译报以及后续天气图的填图和绘图；后者则是"气象报底"的光电纸带形式，用来存档，以及通过电传机重新发报和转报之用。

有线通信固然优势众多，但毕竟前提条件是必须在发报端和收报端之间建立有线线路。气象观测站点遍布全国，自立门户建立全国气象有线通信网，对初创时期的中央气象局而言，既不可能也无必要。当时气象部门采取的对策是，充分利用当地民用通信设施，在气象台和当地邮电局之间架设线路。以邮电部麾下的全国邮电通信基础设施为主干，逐渐建立起气象部门的有线通信系统。

建国后迅即展开的大规模国家建设，使得地方民用通信基础设施条件逐渐改善。尤其是当时邮电部门主管领导如王铮副部长等，延安时期曾主持军委三局工作，与张乃召等中央气象局领导有着几十年的战友情谊，十分熟稔，也十分了解气象工作。因此，当时的邮电部门对气象通信工作给予了最大限度的支持，要求各地对气象部门送来的气象报文以最急电报处理，"随到随发随转"，不得延误，并作为"政治任务"来执行。正是由于此一鼎力支持，随着时间的推移，人工抄报的国内气象台站逐渐减少，直至消失。

邮电部门毕竟是全中国各行各业的通信部门，非气象局独家占有。即便它对气象局给予了最强有力的支持，但气象台站逐渐增多，气象观测业务逐步规范，气象报文随之大幅增加，加之以民用通信基础设施为主干的气象有线通信环节多，各段线路间彼此存在质量差异，以及不能及时处理故障（错报重发）等各种问题，因此气象报文的传输时效和质量很难保证。于是，在1956年10月，气象部门以租用邮电部门专线的形式，开通了第一条气象专线：北京—沈阳专线。此后又陆续开通了北京—武汉、北京—上海、北京—兰州、北京—太原，以及北京至成都、西安、石家庄、长沙……直至北京—拉萨的专线。在短短几年内初步建立起了全国气象通信主干网以及有线通信网，使得全国常规气象观测资料收集的质量和时效大为改观。

人工收发的无线通信，其传输速率受限于收发报人生理极限（120~130字符/分钟），单位时间里报文的传输量极限是无法突破的。而有线通信摆脱了这一限制，报文的传输量可直线提高，这也是有线通信迅速成为气象通信主要形式的原因之一。

天气图的广播

随着国家建设的蓬勃展开，气象预报服务渗透到社会的各个层面和角落，农林牧副渔、工农兵学商，几乎各行各业都有其需要。前面介绍过，当时的预报员在做天气预报时是无法离开天气图的，而天气图却并非每个预报服务单位或地点都能自行制作。像远洋航运、远海捕鱼、深海作业——甚至珠峰登顶等，其所在地临时组建的气象预报服务小组往往只有几个人，根本没有条件完成天气图制作的传统工序。况且许多天气图的需求是共同的：同一张欧亚高空实况图，中央气象台需要，省气象台、专区气象台，以及各临时气象服务小组也同样需要。所以，一些重要天气图的远程共享便成为当时气象部门提高气象服务能力和水平的关键环节。

据冯佩芝老人回忆，当时中央气象台值班室里有一项很重要的工序——"发码"。即，将重要天气图中的重要信息以图形曲线的描述形式（起止点及中间顺序各点的经纬度），用报文定时广播，供各省/地气象台收到后自行绘制出这些天气图来，以达到"重要天气图实时共享"的效果（虽然绘制出的"共享天气图"只有曲线，没有实际观测值）。这些需要共享的重要信息包括高/低压中心及强度、锋面及性质（冷/暖/静止）、槽线的位置、天气现象中的雨/雪/冰雹和大风区，以及能代表天气形势的各等值线等。

"发码"由"唱码"和"填图"两个人共同完成。唱码员将一块透明塑料板扣在已经由绘图员绘制完成的天气图上，该塑料板与天气图大小一致，上面刻好经纬度线，经纬度线交叉点上刻有该点的经纬度值。然后唱码员开始一条线一条线按顺序念出线条所经各点的经纬度值。填图员则耳听手敲，将这些经纬度值用打字机打印出来。据冯老回忆，有的唱码员原本嗓音就好，更兼唱码时声音抑扬顿挫，时高时低，配合着填图员打字机敲打键盘的滴滴答答声，非常有"乐感"。

唱码完毕，再由填图员将打印出来的电码从头到尾复念一遍，由唱码员逐一核实无误后，便可发出了。那时电信科在中央气象台业务楼（即上世纪八十年代的气科院楼，九十年代末被拆除）的一楼，填图室在其上的二楼。两室间的地板上打了个洞，由一个大木筒相通。每当"发码"前，二楼的填图室都要先用力拍打几下木筒，以提醒楼下的报务员：报文即将系绳顺木筒传下，准备发报。当然，也有楼上"发码"耗时太长，楼下报务员等得不耐烦，啪啪敲打木筒，以示催促之事。

这些工作，都是由夜班的值班员在凌晨两点开始，并必须在上午 8 点前完成的。由于工作量颇大，值班员经常忙忙碌碌干到早晨 8 点，连早饭都来不及吃。

传真技术的出现和在气象通信中的应用，解除了这一沉重的工作负荷。同一张图，只要由作为资料汇聚中心的中央气象台绘制完成，再通过传真机发送至需要该图的各单位和地点，即可实现"实时共享"。中央气象台不必"发码"了，各地也不必收码填图绘制了，传真机把各种天气图一笔不差地传到使用者的手中。尤其无线传真（传真广播）技术的应用，使得天气图的使用范围更加广泛，极大地满足了各种气象预报服务的要求。

传真技术在上世纪六十年代末开始应用于气象通信。最初是引进国外（苏联等国）的接收机，接收国外的气象传真图。七十年代中期，中央气象局委托通信队与有关单位一道，开始研制气象传真设备，并最终取得成功。1974年10月1日，我国第一个无线电短波气象传真广播台——北京气象传真广播台正式开播，台名为"北京气象传真广播"，呼号为BAF。开通之初，广播台每天只发送六七张图，多为欧亚地区地面、高空实况，以及预报、分析等内容。至上世纪七十年代末，气象传真广播的发送量已增加到30余幅，内容包含各层高空实况、台风路径、雨量、风、气温等要素预报，达到了世界气象组织的技术标准。世界气象组织在恢复我国合法地位后的1977年，正式将北京气象传真广播确定为世界天气监测网中的一个无线传真广播台，负责向中国大陆及亚洲区域提供各类实况分析、天气形势以及有关的要素预报图。

需要补充的是，在中国气象局最初的形式——军委气象局期间，由于当时的国际国内形势，气象资料属于机密。各地气象台每日业务观测所获气象资料在拍发（无线通信）和传输（有线通信）之前，需要由专门配属的机要员予以加密处理，接收后亦需由接收方配属的机要员先将其解密后，方可进行译码、填图和绘图等工序。这种方式在1954年气象局完成"军转民"后，依然延续了一段时间，直至1956年方才终止。

前世（下）

两局合并和下放干校

据骆继宾老人回忆，1968 年下半年起，全国的报纸电台开始大力宣传"柳河五七干校"经验，中央国家机关热烈响应，纷纷到外地寻址创建本单位的"五七干校"。1969 年 3 月，中央气象局基本确定本局的干校定址于江西九江，4 月先遣队出发，为后续大队人马的搬迁做先期准备。

1969 年 6 月 11 日，中央气象局军代表向局"大联合领导小组"传达了前一日周恩来总理关于两局合并的正式指示，中央气象局编入总参建制。据说同一指示里还有将国家体委和邮电部亦一并并入总参建制的内容。6 月 18 日，彭绍辉副总长召集中央气象局军代表和总参气象局负责人开会，商讨研究两局合并相关事宜。

10 月 18 日，林彪下达了"林副主席一号令"，全国战备气氛骤然紧张。11 月中旬，中央气象局大院内各单位约三分之二的职工先后乘专列，携家带口，搬赴江西九江"五七干校"。"原本热热闹闹，甚至吵吵闹闹的气象局大院一下子变得空空荡荡，冷冷清清"。一些地方"更是人去楼空，一片荒凉"。

1970 年 1 月 2 日，两局正式合并。当日，总参气象局部分指战员身着军装，腰扎板带，背着背包，从位于北海一带当时的国防部大院列队徒步行军，进抵中央气象局大院。

那时的中央气象局大院，南至白石桥小河，北至"军艺"南墙，东至北下关，西临大马路（现在的中关村南大街），占地可谓不小。据说此乃1950年军委气象局成立前后，涂长望局长率麾下驾车在原国民政府华北观象台周围跑马圈地所定。1956年"除四害"运动的"打麻雀战役"，因局内地广人稀，为坚决完成任务，局里采取"责任田"方式，参与职工每人负责一块"阵地"。当日"良辰吉时"一到，上级领导一声令下，顿时铁桶、脸盆、哨子、铜锣等响成一片，震耳欲聋。麻雀惊吓飞起，在空中盘桓时久，不免要落下歇脚。此时只要在本人所辖"阵地"上见到麻雀，守卫者必定大呼小叫，狂敲响具。麻雀闻之大骇，不免再度飞起。于是一而再再而三，麻雀有胆寒不敢落下、终致力竭扑地累死者，为数不少。据说当日一整天下来，全局战果乃是累死了麻雀两大筐，而代价则是不少人此后一两周内皆嗓音嘶哑，手足酸软——所守阵地地方实在太大了，为驱赶麻雀跑东跑西整整一个白天，委实累残了。据记载，当日京城从南到北从东到西、男女老少上上下下全员出动，连大科学家钱学森、华罗庚等也躬逢其盛，不甘示弱，与群众们一起摇旗呐喊，驱赶麻雀。据说后来中南海闻报发话，称钱大科学家有更重要的事情要做，意思是不必也不该参与这等市井俗事。他们哪里知道钱大科学家此前不久刚受过批评，称其"高高在上，脱离群众"……

而在上世纪六十年代初的三年困难时期，因副食供应紧张，家中缺粮，不少大院职工虽不至"揭不开锅"，却也面黄肌瘦，饥肠辘辘。一些人"饥"中生智，在院内空地上垦荒种粮种菜，一时间出现了无数大大小小的"自留地"。面积大者两三亩，小者四五平米，因邻居"侵占"自家领地而导致的纠纷亦时有发生。"自留地"耕种者个个起早贪黑，拖家带口，精耕细作，据说亦颇有收获。据老人们回忆，那段时间里局大院内几无空闲之地——地方大也有地方大的用场。

地方虽大，建筑却远不如现在这样鳞次栉比，南区只有"南楼"（局机关大楼，现南区 19 号楼）以及其南侧的一片平房（南区家属区）。北区作为业务工作区，也只建有"灰楼"（现北区 13 号楼）、红一号楼（上世纪九十年代末拆毁时为气科院办公楼）、红二号楼（现北区 12 号楼），以及资料楼（现北区 8 号楼）——这四栋四层业务楼而已。据老人们说，这里面的"灰楼"最初是气象资料室的办公楼，后来所存资料日渐增多，不堪承载，于是在楼的南侧建起了带地下室的"红二号楼"，将该楼地下室作为气象档案库房。在三年困难时期国家财政十分困难的情况下，中央政府仍拨资金在"红一号楼"西侧修建了"资料楼"，足见当时国家和气象部门对气象资料的重视。

事实上，在我国气象事业初创的民国时期，气象资料就是气象工作的主要内容之一。建国后，军委气象局的三大业务分别是探测、预报和资料。建局之初，因力量薄弱，军委气象局与中科院地球物理所合作，成立了联合预报中心——即所谓的"联心"。据老人们回忆，事实上当时合作成立的单位还有一个联合资料中心，即所谓的"联资"。而且很长一段时间，气象资料（含气象数据）是作为机密资料轻易不得示人的，来抄资料的人须得开具相当级别的介绍信方可放进。因此，1969年 11 月，中央气象局职工大批下放"五七干校"之际，作为三大业务单位（中央气象台、资料室、气象研究所）之一的资料室，是以战备转移的名义全室搬出中央气象局大院的。不是去江西九江赤湖（后迁至江西峡江）的中央气象局"五七干校"，而是搬迁到四川江油。

"315基地"和"三""四"号任务

据文献记载及当事者回忆，因为气象资料档案属于机密，对气象资料室进行的整体"战备转移"，其最终的落脚点是当时正在日夜加紧建设、位于湖北宜城大山深处、作为国家"五五"重点建设项目的国家战备气象中心（代号"642基地"），此乃全国"八大战备中心"之一也。这是驻局军代表报请国务院业务组并获批准的。国家战备气象中心建成之前，必须撤离北京的气象资料室需要先找地方临时过渡一段时间。恰巧，位于四川江油的西南气象专科学校已停课，学生云散四方，于是此地便成了暂时落脚之地。

据经历过此番搬迁的老同志回忆，当时的"战备转移"简直是"一锅端"，把资料室几乎所有库存资料和设备全部搬走，北京原址仅留三人"留守"。由于是保密单位，搬迁到江油的气象资料室对外不用原有名称，而代以"四川江油315信箱"这个代号，内部则称之为"315管理处"。现仍健在的当年老同事则多称其为"315基地"。

"315基地"附近有一个名为二郎庙的小镇。该镇坐落于铁道沿线，设有一个四等小站，每天只有两班慢车停靠。搬迁的气象资料档案即在二郎庙火车站卸车。据当事人回忆，卸车时车站站台竟被数十名荷枪实弹的解放军战士封锁，闲杂人等一律不得靠近。直至所有运来的资料（好几车皮）全部卸下并武装押运至干校所在地，站台方才解封。

"下放"干校是劳动改造，而"战备搬迁"则是工作地点的变更，业务工作依旧开展。搬迁至"315基地"的资料室的男女老少们，喘息甫定，便承接了上级下达的"三号任务"和"四号任务"（甚至有老同志十分肯定地说，资料室战备搬迁到江油，就是为了在"后方"完成"三""四"号任务）。其中"三号任务"是统计国境线周边的气候资料，"四号任务"则是统计分析三大洋（某些区域）的气候背景情况，为我国洲际导弹试验提供气象服务。两项任务限时二年完成。

气候统计分析工作需要大量的浮点计算，当时气象资料室只有一台五十年代后期从苏联引进的"穿孔卡计算机"（资料室称其为"分析计算机"）。据姚奇文老人回忆，该机长 1.5 米，高 1.2 米，宽约 0.7 米，可进行简单的加减法运算，可以用于气候数据的统计分析。该机的特点之一是可将统计结果（如月报表等）经计算机排版后以印刷胶片形式输出。如此，人们可将印刷胶片直接拿到胶印厂印刷，免除了气候统计出版物人工排版的诸多烦琐步骤，故该机还有一简称："制表机"。因该机当时是资料室乃至全中央气象局唯一一台用于资料处理的"电子计算机"，故随资料室"战备搬迁"一起搬到了"315 基地"。

然该机委实年老力衰，难堪大用。当时的局领导（总参军人）为完成上级交办任务，从善如流，拍板购买了由当时南京有线电厂（734 厂）生产的国产晶体管计算机 DJS-C2，即后来俗称的"111 机"，于 1970 年 10 月安装在了"315 基地"。该机拥有 CPU 一枚，内存 32K，运算速度 2 万次/秒，采用 IBM-1441 指令集，以卡片输入输出。然而要命的是，"111 机"当时只提供了加/减法运算功能，不具备直接进行乘/除法乃至三角函数等初等数学函数运算的能力。好在作为资料室计算机专家的姚奇文当时尚在"315 基地"，小姚凭借扎实的科班功底，很快设计出了通过二进制加/减法实现二进制乘/除法（浮点），并以十进制形式提供调用的"111 机"乘/除法程序调用函数，解决了这一"卡脖子问题"。

"这项工作，方案是我设计的，但实际业务实现是杨国权做的，这一点要说清楚。"五十多年后姚老谈及此事，语气郑重地反复叮嘱道。

"算力"问题解决了，"数据"问题便凸显了出来。那时真正意义上的国际气象通信线路尚未建立起来，资料室内供日常业务使用的经过整理的"资料簿"中没有"三""四"号任务所需要的那些国外气象站点资料，只能从存放在资料室档案库房里的原始气象电报的"报底"中寻找（所谓"报底"，就是通信线路接收下来的气象报文原始底稿的简称）。据当年在"315 基地"工作三年多的笔者的两位老同事叙述，这些"报底"上记录的报文大部分是从与我国有直通气象电路的莫斯科、伯力、河内、乌兰巴托、平壤传过来的实时天气观测资料，是世界气象组织全球电信网交换站点的一部分。其内容涵盖五大洲，作为交换条件，我国也要把国内的一些实时气象观测资料传送给对方。这些国外交换站资料通过直通气象电路传来，经电传机接收并以报文形式打印出来，在使用后定期交资料室档案科，由专人将纸稿裁剪整齐装订成册，加以存放。还有一部分报底是手抄的，是报务员侦听国外摩尔斯气象电报获得的。

据几位老同事回忆，五六十年代的气象电报报底，地面报每天有四大本，格林威治时间 00 时、06 时、12 时、18 时各一册，每本厚约 8—10 厘米、一千页以上。此外每天还有两大本高空报（格林威治时间 00 时、12 时各一册）报底。这些报底存入资料室后，一直没有使用过，因此最初翻查时上面的灰尘和纸屑把大家呛得直打喷嚏。翻查这些报底实在是桩苦差事，可要想完成"三""四"号任务，没有别的捷径可走。这在当时有个专有名词——"翻报底"。

"翻报底"找资料可不简单，参与者要熟记所需站点的区站号，对照电报报底中那些众多的区站号，找出你所要的来。有时为了找到某特定站的资料，往往要把报底翻好几遍。找到后，还需将该站的报文解译成相应的气象观测要素值（如温压湿风、云能天，等等）；再按照时间和站点顺序，将这些要素值抄制成表格，将抄制好的表格由专人穿成卡片，再交由统计分析人员将这些卡片输入"111 机"，进行相应的统计分析。

据干过"翻报底"的老同事们回忆，该项工作异常繁重，"315 基地"上下昼夜加班加点，进度却始终提不上去。为充实力量，北京气象专科学校 1969 年的 40 名毕业生，以及成都气象学校、湛江气象学校同届各 50 名毕业生，共 140 人先后于 1970 年 2 月中旬会聚于"315 基地"，组成了"统计连"，专事完成相关的统计工作。半年后，又从湖北、广东等地的部队农场以及其他地方分来了 30 多名南京气象学院、南京大学、中山大学、兰州大学以及北京气象专科学校（大专班）等院校的学生。他们是在结束了当时必须完成的一年左右的劳动锻炼后正式参加工作的。这支生力军也加入统计连，并组成了该连的第五排。

然而战备风声日紧，"315 基地"虽然拼尽全力，工作速度仍然无法满足上级的要求。于是，上级再又从各军兵种气象台中抽调来一部分军人，这些人组成了统计二连。此时的基地可谓人丁兴旺，每到吃饭时间，食堂里摩肩接踵，人声鼎沸。当然，人丁兴旺的结果是"翻报底"的进度大大加快了。

与此同时，统计运算工作也在紧锣密鼓中进行。"111 机"

所有程序和数据全部通过卡片输入，数据量的大小直接决定了输入卡片的数量。"三""四"号任务需要统计大量的观测数据，因此卡片输入量也异常巨大。据老人们回忆，那时输入的卡片以"箱"计算，一箱卡片20多斤。搬起来放到卡片输入机上，既要位置准确、码放整齐，更不能发生零散，需要很不小的臂力。当时还是年轻姑娘的吴月珍（笔者的老同事）工作非常认真努力，一次她在半天时间里竟独自一人输入了48箱卡片，令姚奇文老人赞叹不已，50年后依然记得清清楚楚。

由于"111机"的引进、安装和使用，由于"315基地"全体"指战员"的忘我工作，也由于新生力量（"统计连""统计二连"）的及时补充，"三""四"号任务提前一年顺利完成，并受到上级领导的表扬。从此开始，气象资料从报底转至卡片的工作一直延续到20世纪80年代初。据统计，最终的卡片数量积累已达2400余万张。其中国内地面观测、高空观测和全球船舶观测报占据了主要部分，卡片柜占据了资料楼库房整整一层，蔚为壮观。

基地生活

工作固然是主业，但生活也是必不可少的，毕竟没有生活便没有工作。好歹"315基地"原址是四川省西南气象学校，一应设施还算齐全。

由北京搬迁至此的"五七战士"们以连、排、班为单位集体生活，连一级干部全部由军人担任。笔者的一位当年曾在"315基地"生活工作了三年多的老同事回忆，基地的作息时间基本参照部队的要求，"……早上6点钟吹起床号，开始早操，然后就是种菜劳动，7点多才能回去洗漱。7点半早饭，8点钟上班开始'天天读'一小时，9点钟才开始工作。每天晚上还要晚点名、政治学习、开会讨论、斗私批修、自我革命、民主生活会等，一天到晚都是紧紧张张的，搞得大家十分疲劳……"

既然是军事化管理，便不能像平头百姓那样散漫无纪。"315基地"的"战士们"平时未经批准不得擅自上街，更不能做出"有损军人形象"之事。据回忆，某次一位年轻同事上街未能战胜美食诱惑，买了几个包子回来，被连首长发动全连狠狠修理了好一阵子。自己做出深刻检讨，才算罢休。

军事化管理自然免不了一些"军体活动"，连首长们时刻牢记伟大领袖"无论哪一年，我们要准备打仗"的最高指示，并认真付诸实施。据那位老同事回忆，基地领导真的组织过长途野营拉练，一走小半个月。"战士们"以连为单位打起背包，晓行夜宿，排着队翻山越岭，涉水穿隘，每天要走好几十里地。路上还要精神饱满，不时齐声高唱革命歌曲，兼有宣传队员在路旁打着竹板呐喊鼓劲儿，十分热闹。待到最终返回营地，大多数"战士"早已累得东倒西歪，上气不接下气——倒也不亦乐乎。据一些当年的老人们回忆，那时实行食物配给制，每人每月定量十分有限，伙食几乎不见荤腥。每月一到二十几号的时候，大家就开始闹饥荒——当月的粮票已经差不多吃完了。那时"战士们"最高兴的事情就是远远听到伙房杀猪时被宰肥猪的嘶叫声——这意味着今天要改善伙食了。

资料室的最终回归

"活着干，死了算"，这是当年流传于全国大街小巷的众多豪言壮语之一。"315基地"的男女老少无分寒暑，夜以继日，终于提前保质保量完成了"三号""四号"两项任务。

之后不久，"九一三事件"发生。据骆继宾老人回忆，此后，处于两局合并中的中央气象局内，军队人员的地位和威望开始发生悄悄的变化。加之此前因一些人私底下不当言论引发的不快，合并后黄永胜任总长时军队强调"政治挂帅""突出政治""政治可以冲击一切"所造成的业务水准大幅下滑，以及几个重大气象灾害事件预报不力，"两局拆分"的呼声渐渐响起。与此同时，在周恩来总理的指示下，中央气象局江西九江"五七干校"大批下放人员于1972年陆续返京，气象局所有原有业务渐次恢复。1974年7月13日，中央气象局党的核心小组会议确定，局干校选址河北固城，九江干校自此寿终正寝。

1972年10月28日，叶剑英副主席批示："中央气象局应考虑归还国务院……"1973年3月6日，中共中央13号文件印发，同意国务院、中央军委《关于调整测绘、气象、邮电部门体制问题的请示》，决定中央气象局、总参气象局分开，分别划归国务院和中央军委建制。

据一些老人们回忆，拆分出来的总参气象局当时竟一度无处栖身，不得已暂时借住在颐和园北面的中央党校校园内办公。后中央党校亦拟复校，总参气象局的办公地点问题"到了不能再拖的地步了"。1974年12月13日，中央气象局党的核心小组召开会议，复议北京市规划局意见，同意将局大院东北侧原北京气象学校大操场及周边一块近百亩大小的地方辟出，供总参气象局使用。

江西"五七干校"迅速落幕，但四川江油"315基地"一时却按兵不动。之所以如此，盖因依照早先规划，资料室最终要搬迁到位于湖北宜城大山深处的"国家战备气象中心"基地（简称"642基地"），在那里继续开展工作。

据在气象资料室档案科工作了一辈子的笔者的老同事吴增祥回忆，"642基地"又分为"1""2""3"号基地，其中"1号"和"3号"两个基地分别为中央气象台和通信大队准备，工程主体为山洞。唯独"2号基地"以地面建筑为主，因为它是"642基地"的大本营，也是基地生活区所在地，非但建有宿舍家属区，而且食堂、礼堂乃至幼儿园都一应俱全。还建有几栋"将军楼"（小别墅），供战时军队首长（据称副总长级别）来此居住指挥。

"2号基地"诸多建筑中的业务建筑主体，乃是两幢带库房的业务楼，面积达5000余平米。其中档案库房2500平米，机房1366平米，缩微专用房176平米，办公区1000平米，总面积比北京的中央气象局大院里的资料楼还要大。原计划供气象资料室办公所用，然而计划赶不上变化，"九一三事件"以后，全国战备工程大幅度压缩、调整甚至撤并，"642基地"亦在其中。当时"2号基地"已基本建成，"1""3"号基地尚在建设中。于是"1""3"号基地工程半途下马，而"2号基地"因已建好，便依原计划静静等待着远在江油"315基地"的资料室的父老乡亲们携带珍贵的气象资料徐徐搬来。

于是，尴尬的局面出现了。"642基地"中"1""3"号"基地的废弃，意味着中央气象台和通信大队不可能搬过来了。在此背景下，作为气象预报须臾不可或离的气象资料室，如果独自搬迁到宜城"2号基地"，游离于气象预报业务之外，则将既给预报业务造成巨大麻烦和困难，其自身的价值也无法充分发挥——所有需要气象资料服务的人，皆须长途跋涉、翻山越岭至宜城大山深处。更何况当时资料室所保管的资料，绝大部分是纸介质的报表、记录簿或卡片纸带等，大山深处气候潮湿，不利于其长期保存。

在此情况下，身在江油"315基地"的几位资料室职工，在统计科科长盛永宽的倡议下，由当时风华正茂的青年业务骨干吴增祥执笔，联名上书国务院领导，陈述了气象档案资料如果迁移到"642基地"后将面临的各种问题。信中详述了气象资料不仅是气象服务工作的基础，也广泛应用于国民经济各部门。同时阐明气象通信、气象预报和气象资料服务工作关系紧密，不可分开，建议将气象档案资料及气象资料业务工作迁回北京。据回忆，此信后来被批转回中央气象局。现已近耄耋之年的吴增祥老人原本留有此信的底稿，可惜数十年来数次搬家，不知遗落何处。每念及此，吴老都叹惜不已。

1973年7月4日，中央气象局筹备小组召开会议，决定将江油的气象资料室大部分迁回北京，"把气候资料服务、预报、通信联在一起"。

大计既定，资料室开始酝酿自江油搬迁回北京。令人困扰的是，宜城大山深处的"642基地"，谁也没说（谁也不敢说）弃而不用。尤其是已经建成的"2号基地"，那里新的气象资料库房比北京的现有库房都要大。为了表示没有"弃而不用"，资料室领导责成档案科提出气象档案资料一分为二、分头迁至"642基地"和北京局大院的方案。档案科旋即委托吴增祥等人具体操作，吴老（那时是"小吴"）殚精竭虑，将气象档案中那些珍贵的，但却不常使用的资料挑选出来，于1974年年中运至"642基地"库房中存放。室领导也以此展示了"642基地"库房之"正在使用"的实例——各方面都有了交代。

在完成了这些工作后，离京数载的气象资料室终于在

1975 年年底前动身从江油迁回北京，至 1976 年春节前整体回迁完毕。

至于从资料室分离出来保存在宜城的那批资料，后来随着"642 基地"移交地方，又辗转运送到了与"国家战备气象中心基地"前后脚开始建设、位于山西昔阳县的"华北战备气象中心"存放。最后在 20 世纪末，位于北京市延庆的"气象资料档案后库"修建完成，这批资料历经颠沛流离，最终落脚在了"延庆后库"，与"家人们"团聚于 20 余年之后。

气象局的计算机缘

据记载，20 世纪 50 年代中期，中央气象局便着手开始了数值预报方面的研究工作。60 年代初，相关研究工作由气象研究所承担，然而直到 1969 年以前，中央气象局一直没有自己的可用于数值预报科学计算的电子计算机。

据姚奇文老人回忆，虽然 20 世纪 50 年代中央气象局的气候资料室已经引进了苏联产的"分析计算机"，且一直使用到 1970 年，但该机能力有限，只在资料室完成一般性统计和出版物制表等项工作。1959 年，戴高乐将军出任法国第五共和国首任总统，中法关系逐渐解冻。1963 年在北京展览馆举办了法国工业品展览会，刚刚大学计算机专业毕业并分配到中央气象局气候资料室统计科的姚奇文参观了该展览，并对展品中的法国产电子计算机伽马-3 印象深刻。后由中央气象局和解放军某部共同努力，促成了气象局引进法国伽马-3 计算机的举措，拟用于数值预报科学计算。然而此举被四机部（即后来的电子工业部）探知，刚刚就任四机部部长不久的王铮将军闻讯大喜，凭着当年延安时期的上下级老关系，王部长要求中央气象局将该机让予四机部，供解剖分析仿制之用。气象局无奈，只得拱手相让。于是这个伽马-3电子计算机运到气象局后还没拆箱，便被转运到了四机部所属某厂，做了被开膛破肚、大卸八块的"小麻雀"。气象局虽然被赞为"顾全大局"，但毕竟白忙活一场。更要命的是，数值预报试验所用的计算机一直没有着落。

要说计算机资源没有着落，也并不完全准确。当时中科院计算所里安装了电子管、晶体管计算机若干台，其中的DJS-109-乙机，便向气象局敞开了温暖的胸襟。该机属国产晶体管电子计算机，1959年开始研制，1965年通过验收，运算速度6万次指令/秒。这在当时已属"大型电子计算机"的规模了，故该机每日算题者此去彼来、日夜不息。中科院计算所在该机的每日计算单位排表中，为中央气象局安排了专门的时间。每天的几点几分至几点几分，这段时间是供给气象局算模式所用——真可谓兄弟情谊，山高水长。

据老人们回忆，那时气象研究所主持数值预报研究工作的主要有廖洞贤、杜行远和黎光钦三人，人称"三驾马车"。研究试验的模式乃有限区域（东亚地区）三层正压模式，主要产品为500毫巴位势高度场。那时的国产电子计算机，既没有网络，更没有存储设备，需要计算的所有东西——包括程序和数据——都需当场输入计算机。而DJS-109-乙机的输入设备是光电纸带输入机，因此廖老、杜老他们欲在此机上运算模式，其输入的所有东西都需事先由专人穿成纸带，然后方能拿去计算。

那时的模式研究者们对客观分析不那么重视。据1965年毕业于南开大学数学力学系、分配到气象研究所后即加入廖洞贤团队的赵振纪老人回忆，最初模式的客观分析方法是直接从中央气象台天气图上逐个格点读要素值。具体做法是：天气图从会商室拿来后，把一块刻有模式格点的透明塑料板（尺寸与天气图一致）套在上面，然后逐一读取并记下塑料板每个格点下天气图上的要素值，然后将这些要素值按顺序逐个格点地穿在纸带上，附在程序纸带后面，再送去计算。因为中科院计算所安排给气象局的"上机"时间是固定的，故上述工作必须按时完成，方能赶得上当天的上机时间。

当时中科院计算所在中关村一带，距气象局有 40 多分钟的自行车路程。研究所为满足上机需要，特意斥资购买了两辆崭新的"飞鸽"牌自行车，供上机往返所用。模式研究团组配有专人负责往返上机，笔者当年的老同事张明举、王耀武二位便是其中之一。据老张回忆，当时上机的主要内容就是"送纸带"。即：将上述工作完成后制成的程序纸带和数据纸带骑车按时送到中科院计算所门口。那时计算所这几台电子管、晶体管电子计算机属于国家级精密仪器，金贵宝贝得不得了。外人不得擅入，计算所大门口常年有两位横眉立目、荷枪实弹的军人把守，没有证件绝不放进。老张他们赶至计算所门口，也只能将所携纸带交给传达室，由传达室转交楼内管理计算机的相关人员，由他们来上机计算，自始至终老张他们只能等在传达室里。大约不到一小时，计算完毕，楼内人员将计算结果——一卷打印着 500 毫巴位势高度场逐点要素值的纸卷（约 10 厘米宽）——送将出来，于是老张他们再骑上崭新的自行车，弓背哈腰地快速骑回气象研究所。

之所以要"快速骑回"研究所，是因为研究所诸同仁在拿到计算结果（那卷打印纸卷）后，须将其绘制成天气图，并赶在会商结束前送进中央气象台的天气会商室，供预报员会商时参考。那时没有绘图软件，天气图皆需手工绘制，计算结果数据很多。诸同仁往往将那卷打印纸卷裁成几段，由几人同时将要素值逐点填写在天气图上，填好后再画出等值线，形成预报员熟悉的天气趋势图。

令人气馁的是，研究所诸同事风里来雨里去、连滚带爬、辛辛苦苦绘制出来并恭恭敬敬送进会商室的天气图，预报员们往往反应冷淡，有的甚至不屑一顾。"……看也不看就丢到一边儿了，唉……"每念及此，赵振纪老人都要发出一些感叹，"他们还是只喜欢看槽、脊、锋啊，对这些东西不感兴趣……"

好在局领导对这项工作一直持鼓励支持态度。1969年，研究所诸同仁盼望已久的国产晶体管计算机 DJS-108-乙（俗称"108机"）到货，安装在了当时中央气象台办公楼——即红一号楼的二楼西侧。该机可算是中央气象局有史以来第一台真正意义上用于科学计算的电子计算机，而且也是 DJS-108-乙机家族中首台用于"民用"的"族兄弟"。鉴于该机无论从哪个方面来讲都充分具有的重要性，在当时计算机专业人才十分稀缺的情况下，气象研究所蒋金涛所长特地延请当时隶属于资料室的计算机专业科班出身的姚奇文来负责该机的接机工作。姚奇文不负众望，1967—1968年这两年他一直蹲在738厂，从功能设计到元器件组装，再到整机检测、设备安装调试，全流程一步未落地盯了下来，并在装机前主持完成了气象研究所"108-乙机"的机房设计。

据文献记载，该 DJS-108-乙机的性能和配置大约为：定点运算速度7万次/秒，浮点运算速度3万次/秒，浮点字长48位，内存32K，配有 ALGOL 语言，后期亦配有64K磁鼓；并可配窄行打印机（80列）、快速穿卡机以及光电输入机等；售价，60万元人民币。

有了自己的计算机，气象研究所诸同仁如虎添翼，顿觉方便了许多。他们在不断改进模式算法的同时，也开始关注客观分析的"手工操作"问题。不久，便在姚奇文的协助下，实现了"客观分析自动化"，用"逐点全域搜索内插"方法代替了"套板逐点读天气图"的手工操作，节省了不少人力。当时，作为年轻人的赵振纪在此基础上，又将"全域搜索内插"算法改为"有限半径搜索内插"方法，在保证效果的前提下大大提高了客观分析的运行时效。总之，"108-乙机"的引进，确实大大改善了研究所数值模式的试验环境。

"108-乙机"如此宝贵，拥有者岂能不善以待之。研究所领导顺势而为，组成了俗称"108 机房"的 108 计算机运行维护室，当年栉风沐雨、每日骑车往返于气象局和中科院计算所之间的张明举、王耀武等同仁皆归入其门。老王、老张等不辱使命，很快即将"108-乙机"摸得里外通透，谈起来如数家珍。说来有趣，据当年使用过该机的老人们回忆，也许是某些地方暗藏着蜂鸣器，计算机在运算时会发出一些特定的响声，"兹咕兹咕～～～，咽咽咽咽咽咽～～"，且不同的运算步骤、不同的运算程度，发出的声音彼此略有差别。老张他们日久成精，竟能根据计算机发出声音的些微差别，判断出现在运行的程序已经进行到哪一步了。

"……算到一半儿了……"

"……快打印了……"

"……这个不行，肯定失败了……"

当笔者在电话里询问老张为什么计算机在运算时会发出响声，且老张他们凭什么根据声音的差别能判断出程序运算的程度时，已是耄耋老人的张明举在电话里呵呵笑道，我也不知道怎么就知道它算到哪一步了……

　　归纳一下。至 1972 年，中央气象局所辖电子计算机共有三台：苏制"分析计算机"、国产 DJS-C2 机（"111 机"），以及国产 DJS-108-乙机。其中苏制机已在江油"315 基地"下线，魂归道山。"111 机"也身在江油，北京方面可望而不可即。局大院内只有一台国产 DJS-108-乙机。

　　这就是当时大院内电子计算机的基本情况，也是正开始酝酿的"北京气象通信枢纽"项目所面临的基础现实。

孕 育 04

项目的酝酿

气象资料是一切气象工作的前提和基础，大气是无国界的。要想做好气象服务（尤其是中长期预报），获取全球气象资料是必须的基本条件——这是众所周知的基本常识。然而自1949年建国直至1972年之前，我国获取全球气象资料却异常艰难。那时有协议的较为稳定的国际气象电路只有五条：北京—莫斯科、北京—伯力、北京—平壤、北京—河内和北京—乌兰巴托。无协议但可通过侦听获取其无线电传广播的站点有关岛、东京、檀香山、新德里、曼谷等。其中檀香山、关岛和东京在北京侦听，新德里、曼谷等因侦听效果原因，只能在广州侦听接收后再传至北京。上世纪六十年代初，我国与苏联交恶后，北京与莫斯科、伯力线路的质量也大打折扣，变得时好时坏、时断时续了。那时为了及时得到国外（尤其是"上游地区"）的气象资料，气象通信部门可谓殚精竭虑、费尽心机，甚至专设侦听岗位，由有经验的报务员专门侦听国外的气象电传广播。据老人们回忆，当时气象部门对国外气象资料的渴望，用"久旱之盼云霓"来形容，绝不过分。

因此，1972年，在恢复了我国在WMO合法席位后，如何尽快且尽可能完整地获取全球气象情报，为我所用，便成为我国气象部门需要尽快解决的主要问题之一。而如何能够抓住时机，及早改变世界气象组织此前拟就的、曾将中国排除在外的"1972—1975 期间世界天气监视网计划"，让中国加入，便是当时中央气象局领导急切需要与世界气象组织商讨和解决的实际问题了。这将使中国能够及时搭上这班快车，借此建立起中国在"全球电讯系统"中的合理地位和位置，在充分获得全球气象情报的同时，也向世界贡献中国的独特能力。

1972 年 3 月，世界气象组织秘书长戴维斯应邀访华期间，在谈及中国气象部门参与世界气象组织相关活动时，秘书长首先建议中国参加"世界天气监视网"（WWW）的活动，尤其是加入"全球电讯系统"。这与当时中央气象局相关领导的想法可谓不谋而合。"世界天气监视网"是当时世界气象组织的主要业务计划，其他活动都是以该计划为基础、围绕其展开的。

上文已提及，1972 年 9 月，当时尚处于"两局合并"的中央气象局成立了"气象装备规划小组"，邹竞蒙就是因此调入中央气象局、任规划小组副组长的。该小组在组长崔实以及邹副组长等的率领下，紧张而有序地开展着工作。据由当时的中央气象局局长孟平（军人）点名从江油"315 基地"调回北京参加小组工作的姚奇文老人回忆，小组由总参气象局和原中央气象局的相关人员组成，办公地点在"南楼"（现南区 19号楼）一楼的西侧，日常总务由总参气象局二处一位"王参谋"（后任总参气象局局长）担任。令姚奇文老人印象深刻的是，规划小组当时便提出了，气象装备规划的依据应该是气象业务发展规划，中央气象局应当根据气象业务发展的需求，提出相应的装备发展规划。

于是，在遍邀当时各路大咖座谈讨论，以及一些必要的出差考察后，1973 年年初，"气象装备规划小组"陆续提出了一系列未来气象业务的发展目标，如：

气象通信自动化（即计算机化）

气象资料数字化

加快发展气象卫星业务

加快发展天气雷达业务

研究并试验应用飞机探测

……

上述目标中的一些内容，不久便成为了气象部门业务发展的重点方向（如发展气象卫星业务），而其中的气象通信自动化，更成为了"北京气象通信枢纽"工程的立项依据。

于是，国家对恢复和提高气象部门业务水平的要求，气象部门对未来业务发展的规划以及对气象通信自动化的发展需求，再加上世界气象组织"世界天气监测网"项目的启动和推进，使得各方面的条件逐渐成熟。气象通信业务自动化改造和发展先行一步的机会和可能性正在逐步具备。

为此，翌年（1973 年）5 月 19 日，中央气象局邀请世界气象组织天气监视网司业务装备处处长戴斯（奥地利人）和电讯科科长巴瑞（埃及人）访华，商讨我国参加该网活动的相关事宜。

气象出版社 1989 年出版的《国家气象局大事记（1960—1984）》中有如下记载。

1973 年 7 月 19 日：周恩来总理、李先念副总理等国务院领导同志批示，同意外交部、林业部（73）中气外字 003 号《关于中国参加世界天气监视网全球通信系统的请示报告》，报告中确定在北京建立气象中心，该中心是主干线上的区域通信枢纽，与主干线上的两个通信枢纽连通，组成环形气象电路；在区域线路上与香港接通。通过气象电路交换气象情报。

此后不久，世界气象组织中国常任代表张乃召，将中国的上述决定通知了组织的秘书长。

1973 年 9 月 4—12 日，以张乃召、邹竞蒙为首席代表的中国气象代表团出席了在维也纳和日内瓦举行的世界气象组织成立 100 周年庆祝活动。之后又参加了 9 月 20—27 日在日内瓦召开的第 25 届执委会。本届执委会通过了第 2 号决议：修改"1972—1975 期间世界天气监视网计划"，决定北京—东京为"世界天气监视网全球电讯系统"中的主干线，将北京作为该网主干线及其支干线上的一个具有接收和传送能力的区域电信枢纽。

以上是北京气象通信枢纽项目在立项过程中的官方记载及笔者的些许评述。

为筹措外汇而四处奔波

据赵振纪老人回忆，1973 年秋天的某日傍晚，赵老（当时被唤作"小赵"）接到通知，命其陪同局领导邹竞蒙前去当时的四机部部长王铮家中拜访。1945 年，著名民主人士邹韬奋先生病逝后，其子邹家骅、邹家骝（即后来的邹竞蒙）由周恩来安排进入陕北延安。16 岁的邹竞蒙在延安自然科学大学学习数月后，因美军驻延安观察组撤离，由中央军委三局安排，他与一班年轻人在张乃召的率领下，接收并创建了延安气象台，当时军委三局的领导就是王铮将军。

几十年不见，王将军对邹局长分外亲切，一见面就惊呼

"都长这么大了！……""和你爸爸长得一模一样！……"赵老当时作为随行的年轻人，局促地坐在客厅一隅，静静听着这两位延安时期的老战友山南海北地聊着天，觉得又好奇又新鲜又陌生。

后来才知道，邹局长拜访王铮部长，并非单单为了叙旧。因为"1972—1975 期间世界天气监视网计划"中的"全球电讯系统"提出要求，所有电信枢纽必须具有与其责任相符的接收和传送全球气象情报的能力。倘若北京成为亚洲的区域气象通信枢纽——北京气象通信枢纽，则其必须承担接收自东京传来的所有全球气象情报，经处理后及时分别传送给下游几十个国家和地区——这相当于建立起一条真正意义上的国际气象通信线路。上文已提及，此前我国的国际气象通信线路只有五条：莫斯科、伯力、平壤、河内、乌兰巴托。这五条线路速率低，区域小，传输资料有限，当时都是以人工方式收录并转发的。面对新的骤然增加的线路传输速率、成百倍增加的传输资料量，以及极其严格的转报时效要求，人工收转显然根本无法胜任。因此只能采用当时世界上一些发达国家刚刚开始尝试的做法：使用电子计算机。

因此，计划中的北京气象通信枢纽必须采用计算机处理和控制的工作方式，方才可能。

据当时该项目的具体执行者之一的梁孟铎老人回忆，在筹建过程中，包括老梁在内的几位领导都在思考一个问题：通信枢纽建成后，我们将实时获得大量的气象资料，应当充分有效地使用这些资料，借以提高中央气象局的预报服务能力。与此相对应，在研究所（后来的气象科学研究院）孕育了近二十年的数值天气预报，应当开始从幕后走向前台了。而要实现这些目标，高性能计算机是不可或缺的前提条件。

　　然而，当时以美国为首的西方世界对华经济、技术封锁已历二十多年。即便出于经济利益目的的设备出口，也设置了许多苛刻条件，如电子计算机这类高端技术设备更是关卡重重。首先，百万次（浮点运算每秒）以上计算机禁止出口中国；其次，百万次（浮点运算每秒）以下计算机可以出口中国，但只能用于通信等业务，不得用于科学计算，更不能用于军事目的。

　　当时美国等西方国家的计算机已采用大规模以及超大规模集成电路等技术，巨型计算机峰值速度已达亿次（浮点运算每秒），操作系统也已出现并普遍应用于通用计算机之上。而国内研制生产的计算机普遍仍徘徊在分立半导体元器件（三极管、二极管、电阻、电容等）以及小规模集成电路（俗称"半导体模块"）之间，磁盘等存储设备尚未使用，字长、指令以及设备工艺皆自成一体，不与国际相通。

　　1973年，北京大学电子仪器厂宣布研制成功我国首台一百万次浮点运算（每秒）大型通用电子计算机。此事轰动一时，被赞为"无产阶级文化大革命的伟大成果"。该机被命名为"DJS-11"，俗称"150机"。首台"150机"原本就是为石油部门所造，出厂后旋即被石油物探部门抢走。地质部门闻风而动，立刻订购了第二台。那时国内风行的口号是"独立自主，自力更生"，"我们已经有了我们自己的国产电子计算机，应当用我们自己的产品来完成这些工作！"在当时大批"洋奴哲学""崇洋媚外"的险恶政治环境下，为保证北京气象通信枢纽项目的顺利推进，中央气象局领导层经过反复研讨，最终决定在该项目引进计算机设备的预算费用中拨出1/3，用来采购DJS-11大型国产通用计算机，以用于气象部门大规模气象资料的处理以及数值天气预报的研制和业务化。这是

DJS-11 系列生产的第三台。

然而，残酷的现实是，拜"文革"所赐，当时的国产设备现状实在难以实话实说，其真实的质量和能力只有在使用了之后方才心知肚明。一言以蔽之，从工作的角度而言，实在难以满足亚洲气象通信系统的严苛要求。此前的 1970—1971 年，气象通信专家蔡道法、王玉书等人，曾遍访国内各有关厂家院校，全面调研了国内通信和计算机的产品现状和发展趋势，得出的结论令闻者沮丧，也令中央气象局的决策者们头脑为之冷静。

建设北京气象通信枢纽，引进国外相关设备是必然的选择。

兹事体大，北京气象通信枢纽的建立，被列为国家"六五"重点建设项目，国家特批建设经费 2600 万元人民币。其中的零头（约 600 万元人民币）用来作为北京气象通信枢纽大楼及配套建筑的建设，而经费中的大头，2000 万元，绝大部分（1900 万元）用在了国外相关设备的引进。

这里有一个小插曲。据说"气象装备规划小组"于 1973 年年初提出了"气象通信自动化"的业务发展规划后，消息灵通的美国 CDC 公司（一家当时著名的计算机公司，借 1972 年尼克松访华、中美关系缓和之际进入中国大陆）很快便打听到了相关内容，不请自来地为气象局草拟了一份气象通信自动化 CDC 方案，并于 1973 年 2 月托人呈送给了气象局相关部门。方案中主要包含引进两台 CDC 生产的小型机：CDC1700 和 CDC6500，这也成了气象局同年上报国务院和国家计委"北京气象通信枢纽"工程立项报告时设备引进方案中的参考型号和参考价格。

引进国外设备，不单需要国家拨给的人民币，而且还需要配套的外汇，毕竟当时国际贸易往来是以美元作为结算货币的。当时国家外汇储备的紧张程度，现在说出来恐怕没几个人相信。简而言之，筹措配套的外汇，成了邹竞蒙作为主要领导的诸多必须要事先解决的难题之一——尤其是引进计算机的外汇。因为如果外汇没有着落，引进项目根本就无法立项。尤其令人坐立不安的是，在此同时，工程兵、邮电部等单位都在酝酿引进国外计算机的相关项目。国家每年就这么点儿外汇，给了他就给不了你，而给了他不给你，也就意味着他的项目可以立项，而你的项目就泡汤了。

不知何故，当时从国外引进计算机所需的所有外汇，全部由四机部掌管，国家计委都望之却步，无权涉足，而四机部又掌管着国产计算机的研制生产。因此，要说服四机部领导接受这一现实：其麾下设计生产的国产电子计算机，目前无法胜任北京气象通信枢纽的工作，必须引进国外最先进的计算机方才可行；而且还要说服他，令其心悦诚服地从他掌管的引进国外计算机的外汇中挖一块出来交给你。这便是邹局长拜访王铮部长的主要目的了，也是邹局长为什么要拉上当时气象局屈指可数的、了解计算机软件编程的赵振纪一同拜访王部长的原因。"小赵"能从专业角度向王部长说明所需计算机的处理能力，以及目前国产计算机存在的短期内无法解决的问题。

据当时的"小赵"、现在的赵老回忆，拜访进行得十分顺利，邹局长与王部长天南地北聊着聊着，这个问题就解决了。王部长慨然说道，行了，这个事情没问题了，你们不用专门打报告了，回去等消息吧……

关键环节的打通，并不等于一了百了。该走的流程，该拜的码头，该盖的图章一个也不能少，这些工作便落到了当时的筹备组成员梁孟铎身上。靠着当年在国家计委的人脉，老梁几乎天天骑着自行车往返于白石桥（中央气象局所在地）和三里河（国家计委所在地）之间，频繁出入那栋五十年代由梁思成主持设计、今天已更名为"国家发展改革委员会"的办公大楼，风雨无阻。

"那会儿国家也乱，一会儿有外汇，一会儿没外汇，一会儿让你搞，一会儿又不让你搞，瞎折腾。"梁孟铎老人回忆起当时跑项目的艰辛时，不免流露出一丝苦涩。

功夫不负有心人。在邹竞蒙、梁孟铎以及所有参与人员的奔波下，北京气象通信枢纽的立项、经费的落实以及引进计算机的配套外汇等问题一一顺利解决。

此后不久，"北京气象通信枢纽"建设的立项书编制完成，并提交国家计委。

这段时间有关此项目的官方活动，气象出版社1989年出版的《国家气象局大事记（1960—1984）》中有如下记载。

1973年10月4日：国家计划委员会以（73）计计字422号文批准中央气象局《关于全球通信系统北京区域通信枢纽设计任务书》。同意该工程建设地点和规模，全部投资确定为2600万元。

1973年12月21日：应中央气象局邀请，日本气象专家上松清一一行5人（其中3人为驻华使馆官员）访问我国。中央气象局负责人张乃召会见了日本专家，并就建立北京—东京气象专用电路交换气象情报事宜进行了会谈。访华团26日回国。

1974年2月18日：中央气象局党的核心小组召开会议，研究日本气象厅高桥来访会谈中、日建立气象电路问题，确定由饶兴、张乃召等8人组成中方谈判班子参加会谈。明确会谈《纪要》以日方废除日、台（台湾）气象情报电路为前提。

1974 年 2 月 25 日：应中央气象局负责人饶兴的邀请，日本气象厅厅长高桥浩一郎来华访问。经过多次会谈，双方一致同意建立北京—东京气象电路，并就此事达成协议。访华团 28 日结束访问。

……

窘迫的出国考察

1974 年 10 月的一天，赵振纪正在广西桂林一带参观考察当地气象局的一项科技发明——"单站计算机预报系统"，其功能大致是：用计算机统计预测台站所在当地的月降水趋势。考察工作已经完成，当地气象部门负责同志准备尽一下地主之谊，次日安排"小赵"一行游览桂林山水。"小赵"一行十分愉快，期待着第二天的"公费旅游"。

然而，当日深夜时分，一个电话打到了赵振纪所住招待所的办公室。电话是从地处南宁的广西壮族自治区气象局局长办公室打来的，要求招待所紧急找到并通知赵振纪本人，取消次日的一切活动，乘最近一班飞机返回北京，接受任务。

"把我弄懵了，"赵老后来回忆道，"那时出一趟差不容易呀，坐火车差不多要一天多才能到（广西），况且桂林山水甲天下，好不容易有机会游览一下，突然就这么取消了，真是可惜……"

"小赵"很快就不再懊恼了，因为此次紧急召回北京，是要他以软件专家身份参加出国考察团，考察英、法、德（西德）三国的气象通信系统。据回忆，原本考察团组成名单里没有"小赵"，后四机部对考察团人员构成向气象局"核心领导小组"提出异议，认为气象局所派技术人员中"硬件人员"

偏多，缺少"软件"方面的专家。"你们是应用单位，应该多派软件人员，硬件人员我们这边力量更强。"气象局领导察纳雅言，这才临时撤下一位"硬件技术人员"，而将"小赵"加了进来。因"小赵"出差在外，而当时国内通信条件十分有限，广西自治区气象局全局上下能接打国内长途的没几部电话。故北京方面干脆直接将电话打到了自治区气象局局长办公室，由局长将电话打到桂林市气象局，再由桂林市气象局将电话打到"小赵"下榻的招待所，这才算及时找到了"小赵"。虽然过程曲折，好在没耽误事儿。

"我头一次坐飞机，哎呀，颠得厉害，一会儿上一会儿下，忽悠忽悠的，下飞机时头晕眼花……"赵老想起当时的情形就叫苦不迭，继而笑着补充道："虽然没去成桂林，回来时坐了趟飞机，也不错。"

那会儿出国考察机会十分稀少，考察前的各种手续（含准备工作）也繁多而复杂。现在回想起来，各种准备工作中让赵老印象深刻的，当属"置装"。

那时尚在"文革"时期，"横扫一切奇装异服"运动虽已过多年，但其余威仍令人闻之色变，举国上下以着装朴素——甚至以旧、破为时尚。记得笔者中学时期，班上几位女生都要先把新衣服做旧后，方才敢穿出来示众的。那时上下班时在长安街旁放眼望去，一股股蓝色的洪流滚滚而来，又滚滚而去。那是一群群身着打着补丁、又破又旧的蓝色中山装，骑着自行车的上班族。那时的服装式样既简单（基本上都是中山装），颜色也单调（基本上都是蓝色灰色）。这样的着装，出得国去，显然无法体现出我们伟大的社会主义国家的精神面貌。故当时国家有规定，每个出国人员，在出国前都要置办几身体面的服装——由公家出钱。那时出国着装有个约定俗成的规定：

去到资本主义国家时，平时一律着西装，但在正式场合（如会见、会面、参观、出席官方活动等）则一律着中山装。于是，从里到外，呢子大衣、西服领带、呢制笔挺的中山装，以及皮鞋礼帽……皆需置备。当然，人靠衣装马靠鞍，这些精心置办的服装穿在身上，也确实显得气概不凡——毕竟这也是在"为国争光"嘛。只是出国时固然风光体面，回国后这些用公款置办的服装却必须一律上缴，只留贴身衬衣给个人。收缴回来的衣服一时无人再穿，一律存挂在专用库房里，由当时的局外事处统一保管。那时虽然出国批次不多，但日积月累，收缴回来的衣服竟然也塞了满满两大间库房，里面各种式样、各种号码的衣、裤、鞋、帽一应俱全，任凭挑选。于是"小赵"他们的置装，从外穿的呢子大衣，到西服西裤，再到领带皮鞋礼帽，全部由外事处"服装库房"提供。一干人等进得库房，如同一头扎进了男女全款服装店。左翻右拣，上下其手，随意挑选自己中意的衣服。挑选完毕，登记下所选服装的编号，便可携带回家，任凭穿戴，直到考察结束回国。

别人穿过的外衣和皮鞋，拿回家洗洗干净，穿起来没啥了不起。可别人穿过的内衣，即便洗得再干净，穿在自己身上总觉得膈应。外事处对此采取人性化管理，发给出国考察者一定额度的置衣经费（约100元左右），供其购置内衣，并告知回国后不必上缴，留着自己穿。于是那时的出国人员，回国后总能"赚"得几身内衣内裤——这在当时也算是一种"福利"了，毕竟那时大部分人每月工资也就几十元而已。

除了出国服装由公家置办、并归公家所有外，那时出差（哪怕是国内出差）用的旅行箱包也由公家提供。笔者1982年年初分配到气象科学研究院大气探测所，亲眼见到所部仓库里摞着八九个式样不一、型号各异的皮箱，乃是为所内职工出差时借用的。平时由所部行政秘书专人管理，无出差任务不得擅借。

一切准备停当，同年 11 月 27 日，由邹竞蒙率领，由中央气象局、四机部、邮电部和解放军某部等派出的 8 人组成的考察团，在首都机场登上民航客机，开始了出国考察的旅程。在此之前的 11 月 18 日，北京气象通信枢纽的建筑工程 "北京气象中心" 大楼举行了破土动工仪式。

建设工程的列车开始升火启动了……

考察中的点滴记忆

当时中国与欧洲各国没有直达航班，故考察团一行需要先乘中国民航国际航班飞抵巴基斯坦卡拉奇国际机场，在此转乘欧洲航班飞机，再行飞抵法国。据赵老回忆，考察团团员虽然衣着帅气，器宇不凡，但实际上行动局促，十分窘迫。转机时都不敢下飞机，只在飞机上完成转机签字等相关手续，"怕在机场上厕所的时候人家要小费呀。兜里没有外汇，人家要小费你怎么办？给不了多丢人啊……"

窘迫也罢，不快也罢，那时的出国人员恐怕或多或少都会碰到一些，忍一忍也就过去了。考察团一行人由卡拉奇直飞巴黎，并在巴黎转机飞抵此行考察的第一站，英国伦敦。当晚下榻在中国驻英大使馆内。

第二天考察英国气象局的通信系统，结果令邹竞蒙、赵振纪一行大失所望。"就是简单的收报转报，一点儿没有处理，都是电传机收过来然后转出去，也没用计算机，没啥看头儿，真没啥看头儿。"赵老至今回忆起来，依然不掩当年的失望，不时地摇头。

英国人对此无所谓，而且作为老牌资本主义国家，英国气象局颇不失当年的商业帝国风范。下午安排考察团参观了几个与其有商贸往来的气象仪器生产厂家，颇有借机招徕生意、拿人钱财、帮人买卖的味道。邹局长一行兴味索然地跟着主人转了一下午，傍晚回到大使馆。

据赵老回忆，那时的中国驻英大使馆的设施可谓一应俱全。除了有供考察团下榻的客房外，还有厨房、餐厅、会客厅、健身房、电影放映室……而且大部分东西都是国内运过来的，"就连我们每天吃的水果，像香蕉呀、苹果呀、葡萄啥的，都是国内运来的，敞开了随便吃……"

那天晚上考察团还发生了一件事。次日行程安排中，有英国气象局局长接见考察团一行的项目，而邹局长因诸事繁忙，出国前未及理发，此时自觉头发偏长，想要修整一下仪表。使馆虽然设施一应俱全，却没有理发室。使馆里也没有人掌握理发技术，都是请当地某美发厅里的某位指定的理发师傅，每月在指定的日期进入大使馆，为各位馆员职工理发的。此时尚未到理发师傅上门的日期，因此使馆内无人可为邹局长理发。而外出到街上的美发厅，花销委实太大，公家肯定不给报销，个人又掏不起腰包。正在犯难之际，团里那位解放军某部的金处长挺身而出，自告奋勇，称平日里颇善此技，愿为邹领导效劳，并称随身携带理发推子一把，工具齐全，立等可行。邹局长闻听大喜，当晚便请该金处长为自己理了发。

谁料次日晨起洗漱时，邹局长愕然发现，昨晚金处长为其理发时，竟不慎将右鬓角"剃秃了"一块。也许昨晚理发时光线幽暗，未能及时发现，现在补救修整业已来不及了。邹局长平素最重仪表，此时右鬓角凭空秃了一块，如何能见英国气象局局长！正在手足无措、着急犯难之际，邹局长偶然得知

"小赵"带了一盒黑色鞋油，急中生智，命他火速回房将鞋油取来。抠了一块鞋油，对着镜子抹在右鬓"斑秃"之处——居然生生将那块白色斑块遮盖住了，旁人不仔细看还真不容易看出来。于是邹局长当日意气风发、器宇轩昂、神闲气定地完成了全天的各项礼仪和参观活动，未在英国人面前露出半点破绽来。此事发生后近五十年的今天，八十多岁的赵老回想起来依旧乐不可支："邹局长太逗了……"

有潇洒倜傥的一面，也有严谨认真的一面。据赵老回忆，考察期间，每天晚上邹局长都要召集全体团员在房间里开会，商讨当天考察的所见和所得。每人都要发表意见，最后由专人记录成稿，再由邹局长连夜修改完成（往往批阅到深夜）。这样，考察结束之时，考察报告也随之形成，全面、客观、完整，而且真实。

就这样，考察团一行依照顺序，分别考察了英国、西德和法国三国的气象通信系统，并依从当地安排参观了一些气象仪器设备厂。得出的综合结论是：后两国（西德、法国）的通信系统与英国差别不大，都只是简单地收报、转报，没有解报、整理、补报、处理等项应用前必需的操作，更没有使用到计算机来承担这些处理工作。考察团带着些许失望的心情结束了欧洲三国的考察，于12月下旬返回北京。

过完1975年的元旦，考察团马不停蹄地再次登上飞机，飞赴日本，考察日本气象厅的通信系统及其他业务工作。

让人眼前一亮的日本技术

根据协议，北京和东京将建立气象通信电路，东京将作为上游向北京传送全球气象情报。因此，无论从哪个方面说，日本气象厅的通信系统都应该是考察团的主要目标、重点对象。

日本气象厅也的确没有让考察团失望。在这里，考察团惊喜地看到了与一个月前欧洲三国机械呆板简单的收/转报操作迥然不同的景象：所有上游发来的气象情报，在到达日本气象厅后，全部由计算机接收、存储、分类、解码、纠错、补报、转发……一切控制和处理操作都由计算机承担和完成。机房里计算机主控台上指示灯闪烁明灭，十几台排成一列的柜式磁带机上磁带时转时停，大幅卧式平板绘图仪上经纬仪快速驱动着绘图笔，画出会商室预报员须臾不可或缺的天气图……

所有的一切，让考察组眼前一亮——这就是我们想要的东西。我们要建设的就是这样的、采用最先进技术、在当时属于世界最先进水平的国际气象通信系统。

数日后，考察团满载而归。

选 择

记得笔者在大学读书时，政治课期末考试里有一道题，大意是，日本全面实现现代化是在哪一年。标准答案是：1970年。

邹局长率领的考察团访问日本的时间是在1975年，就是说，按照标准答案，那时的日本已经实现了工业现代化。相比国内种种乱象，考察团在日本所见所闻、在内心深处产生的感触，应该是"难以言表的"了。

当然，1975年的中国的确是"难以言表"的。该年的10月以前，周总理病重，邓小平受命主持中央和国务院日常工作。邓大人不避斧钺，高举"以'三项指示'为纲"（即"要学习理论，反修防修""要安定团结""要把国民经济搞上去"）大旗，大刀阔斧整顿乱局，全国的政治经济形势迅速好转。在这样的背景下，北京气象通信枢纽工程项目的车轮也在平静中缓缓而稳定地滚动向前……

这里，除北京气象通信枢纽大楼正在紧锣密鼓建设外，各项筹备工作也均在积极进行中。《国家气象局大事记（1960—1985）》有载。

1975年3月24日：中央气象局党的核心小组召开会议，确定成立北京气象中心筹备组，张乃召同志兼组长，李先坤为副组长，刘泽、钱纪良、王世平、骆继宾为筹备组成员。

1975年6月27日：中央气象局党的核心小组召开会议，研究北京气象中心进口电子计算机的谈判班子和出国实习人员。

技术交流和谈判

姚奇文老人对1975年9月1日这个日子印象深刻，因为这一天中央气象局开始就北京气象通信枢纽的技术引进事项与日方及德方（联邦德国）展开正式技术交流。而他是在前一天（即8月31日）方才被局领导邹竞蒙软硬兼施、死说活说，最后施以"诡计"从资料室统计科"借调"过来的。之所以如此，并非姚奇文本人不肯奉调，而是资料室领导心里明白，对像姚奇文这样珍贵的计算机人才，一旦被局里调走，便如肉包子打狗，肯定一去不回了，故而死活不舍得放出。最后邹领导以"暂时借调，两边兼顾，请顾全大局"为名，方才在谈判（前期是技术交流）开始前的最后一刻，把姚奇文调进了局里组成的"谈判班子"。据姚奇文老人回忆，中方谈判组成员（最终）有：刘泽、梁孟铎、吴贤纬、姚奇文、蔡道法、杨卯辰、唐万强、赵振纪、王春虎等，还有四机部、电子十五所的两位人员参加，刘泽、梁孟铎为正副组长。

根据前期考察结果，英、法两国气象局的通信系统不具有先进性，故而从最初的那一刻起，此二国便从技术交流名单中被剔除。于是，参与技术交流的只剩下了联邦德国和日本了。

联邦德国气象局的通信系统是由西门子公司承建的，"他们自己（指联邦德国气象局）也搞不清楚这个系统是怎么回事儿，讲不明白，所以干脆叫厂家自己过来介绍了，"赵振纪老人说起此事来就是一脸的不屑。"所以，德国（西德）是西门子派代表过来谈的，"赵老补充道。

日本气象厅的情况有些特殊。通信系统是由东芝公司承建的，但气象厅的数值预报系统则是由日立公司建设的，因此除了东芝公司派代表来介绍日本气象厅的通信系统外，日立公司也想方设法、找遍各种理由，最终成功参与了技术交流。

于是，第一轮技术交流的参与公司有西门子、东芝、日立三家。

也许是不大重视，或者是涉入气象行业不深，代表联邦德国的西门子公司的介绍平淡无奇。而且较之日本气象厅来，西德气象局的通信系统原本就功能一般，只是电传机的接收和转发，全然没有一个通信枢纽所应具备的运用计算机处理通信线路各种情况的相应功能；再加之参加技术交流的公司代表有些口无遮拦，颇有用一些玄而又玄、似是而非的词语糊弄中方技术人员的意思，给人的印象不甚专业、严谨。"讲得不好，胡吹，以为我们什么也不懂，找一些名词来糊弄我们，"赵振纪老人现在想起来还有些不以为然，"结果我们几个问题就把他问倒了。"于是，第一轮技术交流后，西门子便 GAMEOVER 了。

日本公司的两种态度

"当时东芝给我印象不好，"姚奇文老人回忆道，"在哪点？因为谈到可靠性设计的时候，他胡诌。他以为我们好糊弄，其实那些我都会计算的。他告诉我可靠性时间是多少，根本胡诌，根本没有那么长时间的可靠性。按照他的说法，系统就是永远都可靠，哪有这样的。"

"这一点我最反感，因为咱们搞技术研究的，最反感的就是胡诌。"姚老补充道。

东芝公司的日本气象厅通信系统项目属于日本政府的采购项目,皇帝的女儿不愁嫁,大约感觉自己对中央气象局的这个"政府项目"也十拿九稳,胜券在握。因此,东芝公司技术交流得敷衍了事,在随后的商务谈判上也是牙关紧咬,一毛不拔。一口价咬死,绝不讨价还价,给人以"舍我其谁""爱买不买"的姿态。

与东芝公司相比,日立公司对本项目从一开始就表现出了火一样的热情。他们在参与技术交流之前,曾遣专人到日本气象厅足足蹲了一个多月,详细了解了气象厅的几乎所有业务,并设法搞到了所有与此有关的技术资料,详加阅读,烂熟于心。当时日立派来谈判的"首席代表"是日立神奈川工厂一位叫中泽的工厂长,工学博士,为人谦和。据说此人是日立公司中仿制 IBM 技术的高手,IBM 将他恨得咬牙切齿,以至于曾多次设套要抓他归案,押解到美国法庭上讨个说法。这害得他此后好长一段时间里一直敛声息影,躲在日本乡下某个日立工厂里不敢露头。

与日立方的技术交流期间,面对中方技术人员的各种提问,以中泽为首的日立代表侃侃而谈,对答如流,对日本气象厅各项业务(尤其是通信系统)如数家珍,给人感觉他们比东芝公司还要懂这个系统——至少不比东芝差。日立代表表示,日本气象厅的通信系统虽然是东芝公司建立的,但由于日立公司与气象厅在数值预报系统上的长期合作,其技术人员常驻气象厅,对其通信系统亦可称了如指掌。日立公司承诺,中央气象局若选择其作为合作伙伴,日立将提供本公司最先进的设备(较之日本气象厅目前通信系统所采用的东芝产品而言,性能指标有显著提升),丝毫不差地帮助中方建成符合全部要求的气象通信系统。与此同时，日立公司一位高层人士专门飞赴美国，以"中方已生产出百万次计算机（指 DJS-11，即'150 机'），限制百万次计算机出口中国已无意义"为由，游说美国当局，说动美方最终同意日立公司向中方出口百万次计算机（即 M-170），以用于数值天气预报等气象部门的科学计算。此外，日立公司还承诺帮助中央气象局拿到日本气象厅目前正在运行的区域数值天气预报模式的源代码，无偿相赠，并协助中央气象局建立起与日本系统大致相当的"数值天气预报业务系统"。

最重要的是，在报价方面，所有这些加在一起，日立公司比东芝公司还要低 20%。要知道，此前不久，中央气象局已同意从北京气象通信枢纽项目预算中拨出堪称巨额的经费，用以购置国产计算机"150 机"，由此出现的经费缺口正需要通过商务谈判予以解决。日立公司的这一举措迅速确立了在各参与竞争公司中的优势地位。

选择的两难和邹竞蒙的气度

面对日立公司开出如此优渥的条件，中方谈判小组反而陷入了两难。

引进一套系统和技术，最可靠的办法是把这套系统全盘一股脑搬过来，并同时把建造它的公司也一并请过来，由这家公司在中央气象局这里原汁原味地再复建一套。这样的方案，系统建设的成功率最高——而这家公司自然是东芝公司。因此，选用东芝公司作为"乙方"是顺理成章、合情合理的。项目的承担方——中央气象局——的不少领导，包括邹竞蒙本人在内，都倾向于这个方案。毕竟这个项目在当时可算是投资巨大

（据说北京气象通信枢纽项目被国家计委列为"六五"国家重点建设项目，同样规模的项目全国只批了六个），万一建设失败，责任可谓巨大。记得上世纪九十年代，"风云"系列的某颗卫星在发射前夕最终出场测试时突发意外事故，造成严重后果。该卫星当场报废不说，连累国家卫星气象中心为该星准备的一整套地面接收处理设备竟因此而闲置多年。据传当时邹局长和分管副局长闻讯大惊，焦急之下，急火攻心，竟相继心脏病发作，前后脚住进了医院，一周后方才痊愈。

因此，工程项目的平稳、顺利完成，永远是作为负责人的领导们的首选。

然而，日立公司的表现实在太出色了，他们开出的条件——相比较东芝公司而言——简直令人无法拒绝。它唯一的缺点（尤其是令领导负责同志不安的缺点）就是，没有实际建设过气象通信系统。虽然日立公司的技术代表把胸脯拍得山响，声称建这套系统虽不敢说易如反掌，但也绝对不在话下。由此可以看出，日立公司是铁了心要趁此机会打入中国市场了，尽管当时中国大陆尚处于"文革"时期。

技术谈判组里以蔡道法为首的通信专家、以姚奇文为首的计算机系统专家，以及以赵振纪为首的计算机应用软件编程专家，为了探明日立方面所说的"绝对不在话下"究竟是虚是实，在技术交流的前后，与日立方面对应的技术人员进行了深入的、为期不短的专项技术交流。从通信线路的传输速率，到各种接口的技术标准、通信协议；从计算机操作系统的功能适用度以及操作系统定制化再开发的可能性，到各计算机指令的时钟周期；从气象报文的格式处理，到数据在磁盘存储和检索的各种技术及特点，以及大幅面平板绘图仪的驱动软件，等等，无一不问得清清楚楚、明明白白。以致到了最后，这几位各技术领域的领衔专家都在不知不觉中莫名其妙地成了日立公司的坚定拥趸。

知道了该怎么做，知道了能怎么做，也知道了这么做肯定能够成功，心里就有了底了。心里有底了，自然也就有想法了。以姚奇文、杨卯辰等为首的几位技术专家虽然不担任决策角色，但却也负有一定技术责任，都是时值青壮年、血气方刚的技术骨干。他们联合组里外单位参与交流谈判的技术代表一起，在内部讨论会上竭力主张采用日立方案，反对东芝方案。据说当时争论的场面十分激烈，双方声色俱厉，争得脸红脖子粗的，"就差拍桌子了"。"日立派"的理由很充分：相比较东芝方案而言，日立方案设备先进，技术先进，价格优惠，附带条件优厚，且不存在关键的难以逾越的技术难点。相较于邹局长属意的东芝方案，日立方案支持者很快便在组里形成了多数。

面对"日立派"充分的论据和严谨的分析，邹局长展现出了一位领导者、决策者难得的虚怀若谷的品质。在充分听取"日立派"的论述，确认以前所有的担心都是可以克服、可以解决的情况下，在领导的尊严和事业发展的利弊权衡之间，邹局长爽快地放弃了先前的倾向性意见，决定选择日立公司作为合作伙伴。

将近五十年后的今天，姚奇文老人回忆起当年的激辩场景，不免对自己的年轻气盛、不给领导留面子的做法生出些许后悔：大家都是为了把工作做好嘛，何必那么激烈反对嘛，有话可以慢慢说嘛……

谈判组里的两个人

王春虎是技术谈判后期才加入中方谈判组的。

1970年年初从北京气象学校（简称"北气专"）毕业后，王春虎被分配到西藏自治区气象局工作。怀着"到农村去，到边疆区，到祖国最需要的地方去"的信念，在春节回陕西家乡短暂团聚后，王春虎同学踏上了赴藏的路程。然而，现实是残酷的，进藏前在青海格尔木停留、接受自治区办事处例行的进藏体检时，"小王"同学因心率、血压不符合要求而被暂留了下来。此后的半年里，"小王"每个月都要去体检一次，然而每次结果均不合格，怏怏而归。自治区相关部门汲取以往经验教训，凡进藏体检不合格者，一律不允进藏。于是，"小王"被一直滞留在了格尔木西藏办事处，终日无所事事，只得到附近的格尔木气象站（那里有几位他的北气专校友和同学）帮帮忙、聊聊天，以打发时间。最后"小王"同学实在忍无可忍，准备豁出去，不管三七二十一径直进藏。正当他收拾行装，联系车辆，准备"闯进"西藏时，中央气象局的调令不期而至，通知王春虎同学取消进藏分配，改派到位于四川江油的"315办事处"报到。于是，王同学推掉了进藏的计划，改道进了四川。

在江油"315基地"的日子里，王春虎工作踏实、认真。"九一三事件"后，全国各大学恢复招生，王春虎被单位保送至西安交通大学就读。1975年学成毕业时，校方恳切挽留王春虎同学留校任教。那时工农兵大学毕业生有个口号，叫作"社来社去，厂来厂去，哪儿来哪儿去"，意思是你从哪儿出来上的大学，毕业后你还要回到那个地方去，为那里的建设作贡献。当时风靡一时的长诗《理想之歌》的作者高红十，在1975年北大中文系毕业后，便毅然回到了当年插队落户的陕北黄土高原，被当时的官媒广为宣扬。王春虎同学虽因个人方面的原因，颇愿留校，但毕竟是单位推荐保送上的大学，因此留校之举必须征得单位的同意。然而，当他怀着忐忑心情回到北京，与中央气象局人事处（那时还不是人事司）汇报相关情况时，却遭到了人事部门的一口回绝。门儿也没有，必须回到中央气象局来，参加北京气象通信枢纽的建设。

"我是一块砖，天南地北任党搬。"王春虎同学没有讨价还价，放下个人意愿，返回学校办理完毕业手续后，风尘仆仆地返回故地——中央气象局。旋即被调入"工程处"，即刻参与到和日方的技术谈判之中。

据当时的"小王"同学（现在的王老）回忆，那是一段十分困难的时光。所谓困难，不是指生活方面的：

实在话，最主要的还是对当时最先进的计算机系统，包括它的软件、硬件结构的不了解，不熟悉。为什么呢？我本人整个的学习经历、或者说知识储备，都没有。我面临的这些全部都是生疏的，甚至包括通信，当时气象通信我也不熟悉，因为此前我没搞过通信。所有这些都得现学，包括通信，所以都是大量的自学。那时候反正我一个人在北京，我爱人在西安还没调过来，白天晚上就那么干（自学）了。晚上在办公室干到很晚，一个人嘛，吃食堂。工作当中碰到哪部分东西不会，马上就学。通信，把通信（的各个方面）挨个都要看一遍。哪些通信线路，我们用的通信协议是什么，包括和日本讨论的时候，他们有很多材料，谈判的时候要他们提供很多材料。通过这些材料可以了解日本计算机操作系统，还有它系统的背景。当时还有一个最大的毛病，我不懂日文。我初中以及后来的大学学的全部都是英语，于是还要学日语，自己学啊。因此这样，我几乎大概七五七六年大部分（时间）都是不断地在补充这方面的东西。七五七六年大量都是在补自己，遇到、看到这个东西是不懂的，马上就要补这个……

与"小王"同学相比，技术谈判组里有一位中年男子日语说得颇为流利，技术上也样样拿得起来。虽然最初不是该组成员，却千里迢迢不请自来。他就是吴贤纬。

老吴原属资料室统计科，后调入中央气象台长期科。1969年老吴随大队人马下放至九江"五七干校"，后分配到云南省气象局，旋即又调回当时江油"315基地"的气象资料室。吴贤纬消息灵通，得知局里要搞"北京气象通信枢纽工程"，兴奋不已，摩拳擦掌，跃跃欲试。凭着自己多年的"经营"，老吴在局机关有不少"眼线耳目"，因此对局里的相关动向了如指掌。每逢技术谈判组开始与日方交流、谈判，老吴准能事先得到消息，并立即自行购票北上，准时出现在谈判现场，并坦然坐在中方一侧的座位上。

据姚奇文、赵振纪等老同事介绍，老吴此人十分聪明，语言能力很强。工作之余自学了俄语、英语和日语，非但能熟练阅读，而且基本能与外国人对话。尤其在技术交流谈判中，老吴颇能抓住一些技术要点，与对方交流切磋，令人刮目相看。谈判组成员姚奇文因有较浓重的四川口音，导致翻译有时因听不清楚而译得驴唇不对马嘴。此时吴贤纬往往会补充道，姚先生的意思是……他这样一解释，翻译听懂了，日本人也明白了，意思还没有走样，效果甚好。因此，对老吴的不请自来，作为技术谈判组中方组长副组长的刘泽和梁孟铎从最初的愕然不快——"你怎么来了"，到随后的勉强接受——"既然来了，那就试试看吧"，再到后来的有些惊喜——"这个老吴还真有两下子，不错"，直至最后的全盘接受——"干脆你还是参加进来一起谈判吧"，态度发生了180°大转弯。

最初邹局长对吴同志的不请自来也颇为头痛，原因是必须承担老吴四川至北京往返路程的差旅费报销。老吴毕竟最初不是技术谈判组的正式成员，自费购票来京参与技术谈判，纯属个人行为。邹局长若以项目名义为其报销擅自北上的差旅费，颇有些名不正言不顺，而且那时的项目经费也确实十分紧张。

但老吴又是真心为了项目的顺利开展才从"巴山蜀水"千里迢迢不请自来的。说实话，对一个最初未被选入技术谈判组的人，能做到这一点，那是需要相当的"情怀"和热情的，一般人很难做到。这样一个人，如果让人家自己掏腰包买往返车票，也实在显得项目单位太过死板，太不通人情，也太不会变通了。一个不懂得保护职工情怀、保护职工热情的单位，是搞不好事业的。

邹局长本人就是一个对气象事业拥有强烈情怀和热情的人，当然理解老吴的做法。邹局长也是一个识才、爱才之人，自能了解吴贤纬难得的价值。最终，老吴凭借自己的出色表现，成功解决了相关的所有难题，加入到技术谈判组中。并在后来的技术开发初期，领衔主持了系统组的相关工作。

那时的气象局大院虽然占地辽阔，但里面的基础设施并不齐备。"连个像样的、能接待外宾的会议室都没有。"赵振纪老人回忆起来，不免苦涩地直摇头。不得已，技术交流和谈判的地点设在了日方代表下榻的北京饭店。我方代表成员则每日乘专车或骑车，前去交流。后来的商务谈判地点选在了友谊宾馆，路程距气象局只公交车三站地，往返方便不少。

为了未来——应用软件自主研发

随着岁月的流逝，近五十年后的今天，当年参与谈判的许多老同事们逐渐凋零，谈判中的许多细节已无从探知。但有一点几位硕果仅存的老同事们却记忆犹新，那就是，谈判过程中，在谈到系统建设的分工时，日方曾提出采用"交钥匙工程"方式，将所有系统（包括硬件、系统软件和应用软件）全部由日方开发完成，然后打包交给中方。

这个建议被中方否决了。

我方的态度很明确。

凡是我方能做的，一律由我方自己来做。凡虽然暂时我方做起来有困难，但经过努力能够完成的，也必须由我方承担并完成。

依照这个原则，双方最后商定：北京气象通信枢纽项目中的设备（即硬件）部分由日方提供；软件中的应用软件，即气象报文的接收以及所有后续的处理部分，全部由中方承担，日方负责相关的培训和指导；软件中涉及系统底层的操作系统的定制化改造和开发部分，采用以日方为主、中方参与的形式共同开发完成。

要知道，当时计算机在中国大陆寥若晨星，人们主要的计算工具还停留在算盘、计算尺和手摇计算器上。境内屈指可数的几台高性能计算机皆为国产，峰值速度不过一百万次浮点运算，而且时出故障。虽然官媒上时常拿来宣传，以此作为"文化大革命"的辉煌成果，但在实际业务上委实难堪大用（后面章节将有所提及）。此外，计算机软件人才更是凤毛麟角，仅就中央气象局大院里，当时编过计算机程序的只有资料室的姚奇文、杨国权，以及研究所（现在的中国气象科学研究院）数值预报室里的赵振纪、徐家奇、杨卯辰等几位孤行者，掰着指头都数得过来。因此，提出上述原则并坚持贯彻完成，意味着中央气象局需要在有限的时间内，从无到有地组建起一整支从设计到开发、从调试到验证、从管理到维护的与国际水平相近的、完备的技术队伍。

这是需要相当大的决心和坚强的执行力的。

五十年后的今天，当中美贸易战、芯片战打得天昏地暗之际，回望当年的如此决策，不禁令人感叹其至今依然耀眼的先见之明。虽然我们不便无端揣测日方当时的用意，但倘若果真采用日方的"交钥匙工程"方式，将所有系统的建设开发工作全部委与他人，自己坐享其成，虽然一时轻松，但后续在此基础上的所有通信系统的升级改造，则将全部依赖于日方。且不谈命门握于他人之手的极度危险，仅就日后全国气象通信系统的所有升级改造而言，交由日方"软件工厂"开发所带来天文数字的报价，也足以让人瞠目结舌，望而却步。更何况"应用软件自行研制"这项决策本身就为国家节省了100万元人民币——这在当时可是一笔巨款啊！

作为中方谈判组副组长的梁孟铎老人至今仍对自己当时的决策感到满意。

这里还有一个插曲。当上述研发方式议定后，作为具体执行者之一的梁孟铎心里不免有些忐忑。毕竟如此大规模的软件研发此前从来没遇到过，甚至在国内都找不出类似的研发团队。经验丰富的日方专家向老梁介绍了日立公司软件工厂的组建经验：在社会上选择具有专业技术知识的大学毕业生作为软件技术骨干，选取数学、物理学习成绩较好的高中毕业生作为软件具体编程人员，以此构成应用软件研发团队。

局领导及老梁等皆认为此法可行。

动荡中的坚守

技术谈判之后，是漫长而磨人的商务谈判。

与日立公司的商务谈判一直延续到翌年——1976 年的 4 月。那段时间国内政治形势再次发生剧变，学习、开会、声讨、游行……凡此种种，成了社会生活和工作的主要内容。即便如此，北京气象通信枢纽项目依然在一步一步地向前推进着。4 月中旬，项目的技术谈判和商务谈判相继顺利完成。《国家气象局大事记（1960—1985）》有载。

1976 年 4 月 23 日：中央气象局呈报国务院（76）中气办字第 02 号《关于申请签订进口北京气象枢纽自动化设备合同的报告》。报告中提出，北京气象枢纽工程中的主要设备，自动化程度要求高，目前国内制造有困难，需要进口。国务院领导同志批准同意进口。

……

然而，项目并未如日方所期望的那样，在 5 月签署商务合同。

"因为那个'四五运动'，当时给定性成天安门广场反革命事件了，"姚奇文操着浓重的四川口音解释道，"这个时候不能往枪口上撞啊。人家要说你崇洋媚外呀，不能撞枪口啊，万一被抓个典型，项目就完蛋了。所以我们就（把签订合同的时间）延长了，推迟到了下半年。"

1976 年 7 月 28 日凌晨，河北唐山市发生 7.9 级强烈地震，顷刻间唐山市区化为一片废墟，据报死亡人数达二十余万。北京市有强烈震感，一时间人心惶惶。

1976 年 9 月 9 日，一代伟人毛泽东主席去世。国内政局更显波诡云谲，人们无不忧心忡忡，四顾茫然……

迷雾重重的环境下，9 月下旬，趁着"国丧"期间人心彷徨、各种暗流激烈涌动、对"崇洋媚外"的批判风声稍缓之际，计算机引进项目商务合同旋即于北京友谊宾馆签订。

●计算机系统设备引进

（1）引进日本日立公司通信计算机双机系统（M-160Ⅱ）。

（2）引进日本日立公司2台通信控制处理机（互为备份，用于连接128条国际、国内气象电路，通信速率为50、75、100波特）。

（3）引进日本日立公司数值预报用计算机系统（M-170）。

（4）引进日本精工舍X-Y大型绘图机6台。

（5）引进相关配套外部设备，主要包括：20台磁盘存储器（每台100兆字节容量）、16台柜式磁带机、2台高速行式打印机、3台卡片阅读机等。

●通信应用软件开发

（1）中方负责通信应用软件开发。

（2）日方负责系统控制软件的定制开发。

……………

该项目商务合同签订得如此低调，以至于在局档案室中都查不到相关的文件记录，笔者所访谈的当事人中也都已记不得签字的具体日期了。

将近五十年后的今天，通过这些记忆，我们仿佛仍能看到，在变幻莫测的风雨里，有一群人，正在茫茫泥沼中艰难、却又是义无反顾地跋涉前行，向着祖国富强的彼岸……

培　训　

1975 年第四季度，与日方的技术、商务谈判正渐入佳境。中央气象局大院内，组建计算机技术团队的工作也在紧锣密鼓地进行中。工程处借鉴了日立公司的团队组建方案，决定团队由两部分人员构成。一部分从现有中青年职工中遴选，另一部分则是招收新生力量并加以培训，后者主要由当年的大学毕业生（首届工农兵学员）以及在京郊插队落户的高中毕业生组成。

高中生们

董庆是 1974 年年初从丰台区云岗中学（当地一所七机部子弟中学）高中毕业后，到丰台区王佐公社贺照云（原名火烧云）大队插队落户的。

1971 年"九一三事件"后，停课数年的大学开始恢复考试招生。于此同时，北京市也同步恢复了各中学的高中招生工作，在当年应届初中毕业生（1972 年年初毕业）中选拔 10%直接升入高中，继续深造。据说此举是为将来的大学招生培养优秀生源，因此那一年升入高中的学生，至少学习成绩在班上和年级里都是出类拔萃的。董庆、蒋克俭和李毅就是在这一年分别在所在学校由初中升入的高中。据董庆后来回忆，如果他那一年不上高中的话，完全可以以初中毕业生的身份，被分配到北京市一家不错的国家或国营单位。因为他们那一届那些没有上高中的同学，全都分配到了铁道部、七机部、广播电台、北京市公安局等单位。而在这些过早参加工作同学的眼里，像董庆这样的同学才有着比自己更加美好的未来——上大学。

然而，世事难料，正当他们这届高中生满怀憧憬埋头学习之际，1973年7月19日的《辽宁日报》以《一份发人深省的答卷》为题，刊登了辽宁省兴城县知识青年、农村生产队队长张铁生因考试交白卷而写给招生办的一封信。编者按语以极其严厉的口吻对文化考核的目的和高考录取的标准提出尖锐质疑，激烈攻击当时高校招生所进行的文化考试。此文及编者按迅速在"两报一刊"及全国各大报刊转载，于是风云为之突变。随后的事情发生了根本性的颠倒，一场"反击资产阶级在教育界的猖狂反扑"运动在全国骤然兴起。笔者的大学同学兼室友於崇华当时在黑龙江生产建设兵团插队，并参加了当年的高考招生，成绩名列全省前五名。张铁生"白卷"事件后，为了积极响应"反复辟、反倒退"运动，该省招生办竟悍然决定，全省本年度大学招生文化考试成绩前五十名的学生一概不予录取。当年所有招生名额分配到各地，由当地群众推荐表现优秀的适龄青年入学。老於闻此，如遭当头棒喝，瞠目结舌，从此心灰意冷，郁郁寡欢。直到1977年恢复高考，方才重整旗帜，再入考场，并一举中的，圆了自己的大学梦。

"白卷"事件的影响殃及北京乃至全国，翌年董庆、蒋克俭这一届高中生届满毕业。北京市教委决定，这一届一个不留，全部"一锅端"，于北京近郊下乡插队落户，"接受贫下中农再教育"。于是，被命运的浪潮所裹挟，董庆下到了贺照云大队插队落户。

　　是金子在哪儿都会发光。董庆为人爽直，乐于助人，干活不惜力。插队一年以后，生产队改选，董庆被广大社员推选成为其所在的山坡南队的生产队队长。担任队长后，董庆新官上任三把火，因地制宜，实事求是，不时暗中抵制上级的瞎指挥。他不理会上级要求的所有耕地一律种小麦（以粮为纲）的命令，在河滩沙地上种花生，在土层贫薄的丘陵地种红薯，农闲时还组织劳力到永定河挖沙子卖给建筑工地，补贴队里的集体资产。碍于董庆的知青身份，上级在数次兴师问罪皆被他据理反驳后，也拿他无可奈何。而1975年年底生产队分红时，队里的分值竟从去年的 0.375 元/（十个工分），上升到了0.425元/（十个工分），提高了约13%。

　　虽然在生产队干得风生水起，但董庆并不想终老于此。因此，在北京市委派人到此采访，并询问"小董"能否表态"决心在农村扎根一辈子"的时候，董庆予以婉言拒绝。

　　蒋克俭、李毅于1974年初在八里庄中学高中毕业后，随着"一窝端"政策，被送到了朝阳区大屯公社官庄大队姜庄生产队插队落户。刚到村里的头一天，他们这批新知青便被村支书带到村外坟地里看坟头，意思是你们这辈子就算埋在这里了，甭再想别的了。蒋克俭后来回忆，下到村里的知青，与其说是接受当地贫下中农再教育，不如说是贫下中农接受知青的再教育。"那些老乡太会偷懒了，"克俭兄在电话里慨叹道，"每天村里出工的劳力都稀稀拉拉的，干活儿有一搭没一搭，能偷懒就偷懒。"但这些贫下中农干起自家自留地的活儿却精气神十足，精耕细作，非常上心。几个精壮劳力时不时跑到城里饭馆食堂里拉泔水回家喂自家猪。刚下乡头几天人生地不熟，知青们喜欢扎堆儿，自己人凑在一起，在村团支部书记带领下下地干活，一天下来累得腰酸背疼的。后来逐渐跟着村里老乡一起干活，却觉得十分轻松，因为"老乡干啥我干啥，老乡歇着我就歇着，老乡累不着，我也就累不着了"。

因为插队地点属近郊，离家不远，队里每人每月有 4 天假期，村里知青点里大家轮流骑车回家改善伙食。那时村里虽然很穷，但国家对知青有政策，下乡插队头一年每人每月国家补贴 10 元钱，这在当时也算是一笔不小的收入了。因此，蒋克俭他们这些知青当时至少在伙食上，也算是比上虽然不足，比下却也是绰绰有余了。

1975 年第四季度，中央气象局为北京气象通信枢纽建设，经国务院批准，在北京市郊区招收 50 名高中插队知青。当时北京各区县都均摊了若干个招生指标，董庆、蒋克俭和李毅等分别是在丰台区和朝阳区入选，进入了建设团队，并成为了由 50 名插队知青（大部分高中生）组成的"青年队"的一员。

50 人青年队组建后被分成"硬件""软件"两个组，硬件组 30 人，软件组 20 人。大家被要求填写意向，愿意干软件还是愿意干硬件。这 50 个人谁都没碰过计算机，不知道硬件软件究竟是个啥玩意儿。负责同志言简意赅地解释道：如果你喜欢物理，那就选硬件；如果你喜欢数学，那就选软件。李毅选择了硬件，董庆和蒋克俭都喜欢数学，于是不约而同地都选择了软件。

初进局大门

据董庆回忆，1975 年年底他头一次走进中央气象局大院时，立刻被里面的环境所陶醉。走进局大门，大路的两侧遍种松柏，寒风下摇曳俯仰，风声萧瑟，沁人心脾。北京气象学校（国家"一五"重点建设工程，已于 1969 年 2 月 26 日与湛江气校一同被撤销，后于 1979 年 11 月恢复，并于 1983 年 4 月中旬升格为北京气象学院）教学区为院墙所围，路口处开有月亮门儿，颇为雅致。中央气象台所在的"一号红楼"（后曾为气科院办公楼，九十年代末期被拆除）十分繁忙，人员进进出出。因原本北京市气象局也在该楼办公，因此"一号红楼"的南侧（现北区 1 号楼所在地）曾是一片观测场——著名的"54511"气象观测站的原址即在此处。因北京市气象局迁走，更兼北京气象通信枢纽大楼将建筑于此，故当时此地已被清空，正待施工。

新组建的 50 人青年队采用集体生活管理方式。董庆、蒋克俭等男生住在已被解散了的北气校教学楼（今北区 29 号楼）二楼东头的那间大教室，紧挨着男厕所，洗漱比较方便。李毅等女生则住在北气校办公楼（现北区 28 号楼）三楼的一间教室里。每天早晨天不亮，全体学员便被唤起，在其实比他们大不了几岁的队长的口令下，列队报数，一番稍息立正向右看齐后，便攥拳端臂，齐刷刷地列队跑出局大门，在斜对面的紫竹院公园里绕湖"跑大圈"。那时紫竹院公园因"文革"业已荒废，大门日夜洞开，无人打理。秋冬季节院内衰草枯杨，夜间残灯摇曳明灭，一派萧瑟破败。青年队的每日绕湖晨跑，多少给这个"荒园"增加了些生气。跑步回来，队员们稍事洗漱，便列队前往局大院南食堂早餐。那时南食堂靠南的那面墙设有一排排柜子，那是为就餐者放置饭盒用的。

早餐用毕，学员们便按计划开始了一天的学习。当然，入局教育和保密条例是一定要学的。除此以外，雷打不动的政治学习则无非是"两报一刊"的社论及重要的大批判文章。

1975 年 3 月，青年队被全体送到位于广州的广东工学院

（现已更名为"华南理工大学"），参加在那里举办的为期九个月的"计算机短训班"。

"计算机短训班"

这个"计算机短训班"是中央气象局和四机部委托广东工学院为北京气象通信枢纽项目中计算机技术人员的培养而专门举办的。

短训班分为硬件和软件两个班，以中央气象局这 50 名高中生为主，另外还有三五个软件学员、七八个硬件学员是外单位（如七机部、邮电部等）选派过来的年轻人，这是为日后这些单位引进计算机系统预先培养技术骨干。除了周日外，短训班学员们天天猫在校园里上课，上午四节，下午两或三节。有时晚上还有课，诸如高等数学、离散数学、计算机原理、数据结构、计算方法、汇编语言、逻辑电路……以及英语、日语，等等。大凡学校计算机系相关专业所教的课程，短训班几乎都逐一学了一遍。那时学校里的基础教学设施十分有限，学院计算机系的教师基本上都是现学现教。而且更令人难以启齿的是，作为计算机短训班的教学单位，广东工学院校内竟没有哪怕一台可供学生们实习的计算机。不得已，短训班只能联系广州造船厂，借用该厂的国产计算机来让学员们上机实习。

上机实习虽然没有条件，动手焊个半导体元器件、做几个与非门电路之类的，这样的实践课学校还是能做到的。硬件班除了计算机原理、逻辑电路等基础理论课外，类似电工技术一类的半导体线路设计和制作课程颇受重视。课堂上学员们俯身教案旁，手中电烙铁头上残留的松香徐徐冒着青烟。线路板上的三极管、二极管、电阻电容之类的，焊点被焊得又结实又美观，令软件班的学员们羡慕不已：有了这门手艺，以后不愁家里电器没人修了。

相比较校园里同时就读的大学生而言，短训班的学员深知学习机会的来之不易，因而越发刻苦自觉。晨起早读，上午上课，中午午饭后稍事休息，便在南国午后的溽热中匆匆赶往教室，此时不少大学生尚躺在蚊帐里酣然沉睡。即便是晚上，只要没课，短训班学员们大多也拎着书包来到教室或图书馆，复习、预习或做作业。

需要强调的是，此时正值1976年年中，"批邓，反击右倾翻案风运动"的浪潮一浪高过一浪。工厂里、单位里、大中学校的校园里大字报贴得满墙满栏，单位里动不动就上街游行，不是欢庆什么，就是声讨什么，乱得一塌糊涂。而短训班学员们两耳不闻窗外事，一心只读科技书，如老僧入定一般对教室以外的滚滚尘事视而不见，充耳不闻。

眼瞧见身边有一群人"不问政治，一心读书"，于是几位嗅觉灵敏、"念念不忘阶级斗争"的在校大学生浮想联翩，继而吠影吠声，杀气腾腾地指责校方设立短训班是"走白专道路"，妄图营造"阶级斗争的避风港"。是可忍孰不可忍，必须要向广大革命师生们交代清楚。

校方对此装聋作哑，一声不吭，一副任凭风浪起稳坐钓鱼台的架势。这几位敏感而又好斗的在校大学生揎拳呐喊了一阵，见没啥动静，自觉无趣，便渐渐收声敛音，"洗洗睡了"。

广州地处南粤，气候湿热。那时的广东工学院住宿条件有限，短训班的女生们十分幸运，均能借宿于校内正儿八经的女生宿舍楼里。而男生则只能住在教学楼一间可容纳近百人的大教室里，洗漱在走廊中间的厕所外面的水房，饮用水则全靠走廊墙边的那个保温桶。里面的开水须由学员们轮流从食堂开水房里挑来倒进去，否则大家平日里无水可喝。大教室内学员们一律上下铺待遇，一年四季蚊帐不撤。夏夜里蚊虫刁钻阴毒，伺机钻入帐内，饱餐人血后，懒洋洋地趴在蚊帐上养神。有些蚊子强悍勇猛，竟敢直扑沉睡者的耳朵眼儿，真所谓"鸣镝一声来"，惹得被咬者不得不翻身而起，挥掌狂击。晚上出门自习时若是一身短打扮，回来后腿上胳膊上往往被蚊虫咬得伤痕累累，惨不忍睹。

不过，男生住宿教室也有一个便利条件，上课的教室就在同楼同层的附近，出门走两步就到，省却了不少时间。

每天六到八节课，加上晚自习等，一周六天下来（那时没有实行双休日），学员们确实疲惫了。因此星期日，大家不免放松一下。据董庆回忆，周末不少人会出校门到外面走走。那时的广州城远没有现在这样繁华喧闹，可供散心消遣的地方不多。最值得回忆的是几个人结伴步行，往不远处的白云山登山观景。爬到山顶，俯视山脚下的白云机场，见机场跑道上大型客机时起时降，轰然有声，倒也赏心悦目，"在别处真没见过"。

就这样，短训班一天接一天、一周接一周地上课。除了星期天外，没有休息日，没有寒暑假，清明、五一、端午、中秋、重阳等现在必过的节假日在当时一概全免。直到九个月期满，所有课程陆续学习完毕，所有学员们陆续通过考试，短训班遂告结业。软件组比硬件组早一个月，学员们收拾行装，依依不舍地告别几乎没有冬天的羊城，于 10 月 8 日登车返京。

十月里归来

"那几天不知道怎么回事儿，广州城一夜之间全城戒严，"

董庆回忆道，"到处设岗放哨，工人民兵开着挎斗摩托车，架着机关枪，在大街上到处巡逻，气氛特别紧张……"

"火车站凡是去北京的旅客都要检查，没有单位开的证明一律不许上车，说是北京出大事儿了……"

"后来才知道，那几天中央把'四人帮'给抓了。广州紧挨着香港，消息特别灵通，所以就全城戒严了……"董庆至今回忆起来依然心有余悸。

"其实火车开到长沙，我们就已经知道了，"蒋克俭回忆起这段经历时饶有兴味。据他讲，当时乘车返京的软件组学员们以"瞻仰伟人足迹"为由，中途下车，在长沙足足盘桓了一整天，把湖南第一师范学校、岳麓书院、爱晚亭、橘子洲等几处"名胜"转了个遍。同时通过可靠消息来源印证了北京确实"出大事儿"了。"'四人帮'被逮了呗！"克俭兄的语气十分轻松。

略带忐忑，而且余兴未尽的软件组学员们心情复杂地回到北京，重新走进了中央气象局大门。放下行囊，喘息甫定，便赶上了10月24日在天安门广场举办的"首都人民欢庆粉碎'四人帮'庆祝大会"。身兼中共中央主席、中央军委主席、国务院总理数个要职的华国锋同志在叶剑英元帅的陪同下，是日下午于天安门城楼闪亮登场，在排山倒海般的欢呼声中向广场上的百万游行人群挥手致意。气象局派车将包括短训班学员在内参加游行的职工们拉到王府井一带。游行人员下车列队，打起横幅标语，徒步从南池子进入长安街，在喧天的锣鼓、齐鸣的鞭炮声中呐喊口号，百感交集地走过天安门广场，走过新华门。最后走到西单，登上已从王府井开过来等候多时的气象局专车，重新回到了气象局大院，开始了下一轮的专业技术培训。

专业教育和实习

广州工学院"计算机短训班"里学的是计算机基础知识。如何培养学员们的气象专业知识，学以致用，这是学员队的上级——项目工程管理处的责任。

为此，工程管理处调来了经验丰富的技术骨干组成专家组进行授课，内容包括：气象报的构成以及编制规范，诸如地面报、高空报、海洋船舶报、飞机报、旬月报等，怎么识别，怎么解析，怎么编辑；还有其他诸如气象图（包括地面图和高空图）的绘制原理和方法；等等。与此同时，局里还请来了广东工学院一位吴姓教师，为学员们讲授 IBM-360 的操作系统和汇编语言，因为将要引进的日立 M-160、M-170 采用的是全套的 IBM-360 软件系统。

气象通信业务也被认为是软件组学员们应当了解的。因此，在这一轮培训中，学员们不仅了解了气象通信的基本原理、通信流程、国内各通信线路的特征，而且参观了当时位于局机关大楼（现南区 19 号楼）一楼的通信队机房，观看了他们的实际日常业务操作。

硬件组也没闲着，由气象通信专家蔡道法领衔，给从广州回来的学员讲授通信原理和数据传输基础知识。老蔡并通过关系联系到邮电部电信研究院数传所，在那里为硬件组学员办了一个专业培训班，主要讲授数据传输方法、调制解调器原理以及数据传输加密与解密等知识。授课老师有些是数传所内部的，有些则是延请中科院计算机所、北京大学计算机系的老师。蔡道法有时也披挂上阵，现身说法，亲自给手下这群年轻人讲授。

　　理论学习之外，硬件组学员更增加了实习的内容。与现在年轻人的入职专业实习不同，那时硬件班的实习都是各找门路自行解决的，单位只负责开具介绍信。于是，硬件班不少学员八仙过海各显其能，各自通过关系联系实习单位。比如李毅学员就是通过关系联系到北京昆仑电视机厂实习的，足足在生产线上干了半年，从焊板子到器件组装再到整机联调，每个环节干一个月。实习期间所有费用（包括交通和伙食）全部自行解决，实习单位分文不予。联系到外地实习学员的情况也好不到哪里去，除按规定报销往返火车票（一律硬座）外，中央气象局只按当时实习员工的档次付与"出差补贴"——每天不到一元。有两位硬件组学员分别联系到上海电视机厂和上海自动化研究所下面的一个生产绘图仪的工厂实习。白天在厂子里跟着师傅锉零件，组装整机，晚上只能住在十几个人一间的招待所里，条件十分艰苦。

　　需要强调的是，这些实习并非都是单位主管部门的硬性要求，不少是源于学员们渴望做好工作的主动所为。这在今天几乎是不可想象的。

　　转到来年（1977年）的2月，与出国（赴日）培训相同步，日立公司的相关技术人员来到北京，为这批学员进行M-160、M-170的专业培训，并指导相关学员着手系统功能规格书中功能的细化、模块的细分以及流程框图的规范化绘制，等等。

　　相较于刚入职时的半军事化管理，此次专业化培训的管理放任了许多。学员们已基本被当做局内职工来看待，只要不迟到早退，其他一切随意。学员们培训和临时办公地点设在北气专办公楼（北区28号楼）的三楼，同层两端各辟了两间大办公室作为男女生集体宿舍。学员可自愿申请铺位，晚上愿意回家者悉听尊便。于是，一段日子过后，学员中凡交通便利者下午下班后都回家，集体宿舍里的人渐渐稀少。这些因离家较远，且尚未谈恋爱，晚间留在集体宿舍的年轻人们也有自己的乐趣。不时自发组织个活动，比如乒乓球比赛之类的。比赛过程中的捉对厮杀、挥拍鏖战自不必说，最终的获胜者还会受到组织者隆重的"颁奖"仪式——在场者齐声高诵《运动员进行曲》（那时候没有录音机，奏乐只能靠嘴巴）。颁奖者一脸坏笑地将"奖杯"郑重其事地交到获胜者手中：一只碎了瓶胆的暖壶金属外壳。平日里偶尔也会几个人凑在一起，翻墙到隔壁的五塔寺里游逛一番。年轻人精力充沛的举动遭到了一些人的非议，以致作为领导的梁孟铎在一次会议上对此提出了不点名批评。

就这样，一直延续到 1978 年 4 月，北京气象通信枢纽大楼基本竣工。短训班学员们这才告别了北气专办公楼，作为新大楼的头一批主人，搬进了新大楼的四层，开始了应用软件的研发工作。

这里有一个短训班的后续插曲。鉴于短训班所学科目基本覆盖了当时广东工学院计算机系的所有课程，且学员全部通过了考试，故工学院校方决定，只要学员所在单位同意并发函，校方将负责向学员发放大学毕业证书。然不知何故，局有关方面一直没有向校方发函，故校方一直没有向中央气象局这 50 名学员发放大学毕业证书。短训班里所有得到毕业证书的人，都是外单位的，都没有参加北京气象通信枢纽项目的建设——此是后话。

赴日技术培训

项目的列车正在提速，呼啸着向前奔驰……

1976年12月，由吴贤纬、杨卯辰为正副组长，杨梅玉、王春虎等为组员的中方系统设计组飞赴日本，与日方一道，商定北京气象通信枢纽项目的总体功能规格书——这是项目商务合同签订后双方约定的工作内容之一。

按照约定，功能规格书的制定分为两个阶段。第一阶段在日本，为期三个月，敲定本系统的总体功能、硬件组成以及软件的总体功能；第二阶段则安排在中国，双方进一步确定系统的各个功能细节以及功能的实现。

系统设计组按期完成了第一阶段所有工作内容，1977年2月，在与国内派出的第一批培训人员在日本碰面后，离日返国。

这里的第一批赴日培训团队由多个单位的人员组成，其中以中央气象局所派技术骨干为主，赵振纪、应显勋、徐家奇、张希白等软件组成员，以及姚奇文、蔡道法、李昌明、龙太新等硬件组成员就在其中。

与其他几人不同，徐家奇是在1976年12月才接到的通知，要他去项目工程管理处报到，此前他对该项目几乎一无所知。

徐老的经历颇为曲折。1965年北大地球物理系天气动力学专业毕业后，徐家奇同学被分配到中央气象局研究所工作，旋即被派往河北省沧州地区盐山县参加"四清运动"。1966年"文革"全面爆发，家奇同学于当年10月被召回局里参加运动。当时研究所分成"大班子""小班子"两拨人马。"大班子"是闹革命的，成天开会刷标语贴大字报，"小班子"则继续搞研究搞业务。家奇同学属于"小班子"成员，被一位姓王的学长要去帮忙研究次声波探测台风。1969年两局合并，局内大部分人员下放九江"五七干校"劳动改造，徐家奇也到干校去了几个月。不同的是，家奇同志是作为"在职干部"下放到位于河南信阳的总参"五七干校"的。不是去"劳动改造"，而是去"劳动锻炼"的。因此，据徐老后来回忆，在干校的这几个月里，他本人下田劳动没几次，倒是在伙房帮厨了不少时间，另外就是学毛选、学社论，以及活学活用"讲用会"之类的。据徐老回忆，当时他在总参"五七干校"里与总参作战部同属一个连，后来的副总长肖向荣便在该连监督劳动。那时肖总长已被打倒而尚未解放，领章帽徽皆被摘去，平日里一个人闷着头在院子里做蜂窝煤，十分孤单寂寥。小徐不顾禁忌，平日里多与肖总长闲聊，且相谈甚欢——也算是一段经历。

总参干校归来后，小徐被分到研究所三室（即后来气科院的大气探测所）搞湿度仪材料研究，成天对着材料配方算来算去。家奇同学感到专业实在不对口，在向上级领导屡次反映意见后，这才被调到了研究所的数值预报室，跟随廖洞贤、杜兴远等前辈大咖搞起数值预报模式来。

既然搞数值预报模式，那就免不了编程序改代码。家奇同学从无到有，从粗到精，几年时间下来掌握了研究数值预报模式的各种技术和手段——当然包括了程序编码。于是，到了北京气象通信枢纽工程项目启动，局里开始招兵点将、组建系统、建设团队时，徐家奇作为当时局里屈指可数的几位现有的软件编程技术骨干之一，便自然而然地被列入了遴选名单中。通过一番手续繁杂的政审后，老徐在最后一刻入选，旋即匆匆被编入赴日培训的团队里。

据赵振纪、徐家奇等老同事回忆，当年在日本培训的日子可谓单调乏味。培训团住在横滨日立工厂所在的小镇上的一个旅馆里。该旅馆外观造型奇特，直上直下的，像一座宝塔。高二十几层，每层四个套房，每个套房包括一间卧室、一个客厅和一个盥洗间。原本一套房间满打满算应该住两个人，为了节省开支，一间套房住进了三个人：卧室睡两人，客厅睡一人（于是乎经过一番谦让后，"BQS软件三巨头"中的赵振纪和徐家奇睡卧室，应显勋则睡在客厅）。旅馆顶层是个旋转餐厅，培训团学员们每日早晨在此就餐。据分析，之所以选择住这里，是因为附近有一家具有一定规模的中餐馆，可方便学员平日里用餐。

有一利便有一弊，选此旅馆固然用餐方便，但该旅馆距日立工厂颇远，公司提供的豪华通勤大巴需要在市区狭小的街道里行驶近2小时方可抵达。因此，学员们工作日里每天早晨6点左右便须起床，洗漱完毕用过早餐后，睡眼惺忪地登上早已停泊在旅馆门口的通勤大巴，晃晃悠悠地被拉到公司的工厂内。大家在一栋长宽不是很大、楼层也不是很高、被公司称为"软件工厂"的建筑前门下车，进入里面的教室，坐下来听日本教师授课。

与国内不同，这里的培训既没有考试，也不安排上机实习。参考材料倒是一大堆，但都是日文的，堆在教室后面的桌子上。学员们想看什么看什么，学到哪儿算哪儿，一任自便。中午学员们在工厂餐厅里与满屋子的工厂员工一道用餐。日立工厂食堂的午餐丰盛精致，使培训团不少学员印象深刻，但就餐时满耳朵都是"呦西""撒由那拉"一类的东洋语，也令学员们恍如隔世。

午饭后稍做休息，便开始了下午的授课培训，直至傍晚夜幕降临，学员们复再乘坐大巴车，返回那座宝塔式的旅馆。

培训日常生活片段

赴日培训的主要目的自然是技术培训，但一日三餐总是不能少的。

据徐老回忆，因所住旅馆不能升火做饭，下午"放学"后回到旅馆里的学员晚餐无法自行解决，于是团里打前站的人在最初选择旅馆时颇费了一番考量。最后选中了一家性价比较好且有一定规模的中餐馆作为就餐场所，旅馆就在餐馆附近。所有学员的晚餐以及周末的用餐采用团里包餐制，大家在规定时间内到餐馆用餐，由负责同志负责点菜，餐毕由团里负责财务的同志统一与店方结账买单。

那时"四人帮"虽已粉碎，但十一届三中全会还没有召开，国家还没有施行改革开放政策。出国人员外事纪律森严，每人每个月只给 20 元人民币的零花钱，其他开销全部由团里统一签单——自然这些开销首先需要得到团里领导的审查通过。不少学员还要将这可怜的每月 20 元积攒起来，预备着回国时给家里添置一些小器件。因此，即便周末大家也大都待在旅馆里，很少外出。虽然旅馆里每套房间都有彩电，且免费频道颇多，但团里规定每天只准晚间观看国际新闻半小时，不得超时。其他节目更一律不得观看，因为据说有些电视节目"很黄很暴力"。一旦发现逾规，轻则口头提醒，重则开会批评。此外，培训团每个月须在规定的某个周末由大使馆出面租车，全体拉到大使馆进行政治学习一天，传达一些可以传达的中央文件，当然更多的则是念读《人民日报》重要社论。我曾诧异这些政治学习何以非到大使馆不可，何以不在培训团所在旅馆里举行，回答是使领馆有关领导担心旅馆房间里暗藏窃听装置，恐有泄露国家机密之虞。此外，学员平日在工厂里不得私下里与日方人员单独接触，必须通过翻译。据回忆，在日培训期间，有限的几次出游都是日立公司方出面组织的，也不过是开车拉着游览附近的名胜古迹而已。

七个月后，培训团结束了在横滨的集中培训，打道回府，开始投入到北京气象通信枢纽项目的建设工作之中。

值得一提的是，与广东工学院计算机短训班几乎同步，还有一支计算机技术团队——国产 DJS-11 计算机（即"150机"）的培训，也在进行之中。地点位于京郊昌平县十三陵西侧，一个被称为"北大 200 号"的北大昌平校区建筑群中。

方 法 07

当董庆、蒋克俭、李毅这批学员在广东工学院的计算机短训班培训已近尾声之际，1976 年 9 月中下旬，北京气象通信枢纽工程的计算机引进项目商务合同在北京正式签订了。该项目同时被赋予了一个颇具中国特色的简称：BQS 系统（"北京气象通信枢纽"汉语拼音首字母的组成）。

系统空前复杂

最初谁也没有想到，这个系统会这么复杂，而且是越往深处想，越觉得它复杂。比如，按照要求，BQS 系统主要功能包括：

● 国际、国内气象通信的自动接收、自动转发和编辑发送；

● 国内外气象传输资料的收集、识别、编辑处理和存储管理；

● 气象资料的自动化填图与绘图处理；

● 为数值预报业务提供计算机资源与环境。

然而，当你静下心来仔细想想就能感觉到，上面这不到一百个字的功能概述，根本无法将该系统的复杂程度描述出来。

首先，BQS 系统需要将当时中央气象台通信大队所承担的所有国内、国际通信线路全部整合在一起，承接所有这些线路上气象电报的接收、记录、转发，以及相应的错报更正、漏报补发、报文编辑解析和最终的原始报文归档，而这一切在此以前几乎全部是由人力手工完成的。

其次，BQS系统需要具备未来十余年通信系统扩展、通信（国际、国内）线路增加的能力。

第三，BQS系统必须具备高规格的系统可靠性。

还有第四、第五、第六……

其中，单就看起来相对较为简单的第三点"系统的高规格可靠性"，就是一项实现起来需要大费周章的功能。

用当下IT界的术语，所谓"可靠性"首先意味着整个系统消除了"单故障点"。然而作为通信系统而言，即便没有了"单点故障"，仍不能就此断定该系统的可靠。

比如，通信控制器和通信计算机采用了当时在业界十分前卫、只有少数"财大气粗"者方才采用的双机热备方案，但这依然无法完全满足系统的可靠性要求。因为在通信过程中，倘主机突发故障，系统自动切换到备用机时，切换的过程时间段哪怕只有几秒、十几秒，依然有可能因为主机已经宕机、而备用机尚未完全接替主机工作，从而造成信息丢失。毕竟备用机从休眠或空转到完全接替主机需要一定的启动时间。此时通信系统若只处于"发送"状态，尚可补救——发送失败或发送错误，可以补发，毕竟发送的信息已在我方计算机中；但若处于"接收"状态，则主备切换过程时间段信息便很有可能就此丢失。除非上游发送单位大发慈悲，在我方发出补发请求后同意将丢失的气象报再重发或补发一遍。这个"上游发送单位"若是国内某个省局，补发倒也不难，但若是国际线路上某个不友好国家，这还真是个麻烦事儿。因此，简单的主从热备方案并不能完全解决气象通信系统的可靠性要求。

再说一个相对简单些的功能要求——报文的存储管理。

与现在的情形完全不同，上世纪七十年代的中国，计算机的存储介质基本局限于卡片、纸带和磁鼓这三种形式。其中卡片和纸带属于纸介质"离线存储"，需要通过光电机输入计算机后，方才可能被使用（运算）；而磁鼓属于"计算机外设"（类似于今天的磁盘），容量不过几十 KB，是用来在线存储计算机启动引导程序（那时国内计算机界还没有真正意义上的操作系统这一产品）和计算机语言解释编译系统的。因此，BQS 系统之前的气象部门，对于通信系统接收到的气象报文的处理，要么是先将报文通过电传机打印在纸上，然后再由人工予以解译，要么计算机通过即时灌入的处理程序予以即时处理，并将结果通过宽行打印机打印出来。计算机一旦关机或改为执行其他程序，原有的数据便全部被清空，计算机里干干净净，什么也留不下。

因此，那时气象报文若想长期保存，并易于通信传输和计算机处理，最为行之有效的方法是将其穿在纸带或卡片上，平时保存在编目规范的档案柜里。计算机处理前，先将所需数据的卡片（或纸带）找出来，按顺序放置于光电输入机上，连数据带处理程序一道输入计算机，然后运行处理，然后打印处理结果，然后抬起臀部走人，卡片（纸带）再送回档案库房。这就是为什么到上世纪八十年代初，气象资料室的库房里有整整一层楼全部是卡片柜。那里存有近三十万张气象观测数据的卡片！

此次 BQS 系统引进的计算机设备中配有当时业界最先进的在线存储设备——磁盘，这在中央气象局（恐怕也是当时的中国大陆）是破天荒的头一次。重要的数据可以长期保存在计算机里了，可以随时对它进行解译、分析处理以及编报传输了。用不着以往每次处理都必须完成的找卡片、输入程序等重复操作了。

但是，这些报文在磁盘里怎么存放才能既规范又便于处理使用呢？须知对于当时的中央气象局（乃至整个中国大陆）而言，连操作系统（日立 M-160、M-170 采用 IBM-360 的操作系统）都是头一回碰到，更不用说文件系统、数据库系统了。上世纪九十年代风靡全球的 Oracle、Informax、Sybase 等关系型数据库，在当时均皆蜷缩于各自的娘胎中，要在多少年后方才呱呱坠地呢。

因此，报文的在线存储管理，这在当时也是一桩从未涉足的、一眼望不见底的水潭。

上面只捡了两个相对容易描述的难点，其他的一些重要的应用软件功能（如报文的识别、报文的解译以及报文的纠错等）描述起来过于复杂。限于篇幅，留待后面相应章节再予叙述。

最初谁也说不清

复杂并不可怕，最令人感到不安的是，有些 BQS 系统的功能需求当时连甲方（也就是中央气象局）的代表们自己一时也说不清楚，甚至想不起来。

请读者们理解当时气象局的各位前辈同事们吧！BQS 项目土建中既包含楼宇建造又包含机房建设，硬件中既包含设备引进安装调试又包含水电空调以及设备的运行维护，软件中既包含系统软件的定制开发也包含应用软件从无到有的设计研发，像这样足足一整套至今看来都是颇具规模的信息系统项目建设，不要说中央气象局，就是在全国，当时也是屈指可数，甚至是前所未有的。上一章已提及，当时全气象局大院里，编过计算机程序的人基本上只限于气象研究所（后来的气科院）数值预报室的十几个人，以及资料室的几个人。陡然将如此庞大而复杂的项目摆在面前，真的有点令人手足无措。如同婴儿学步一般，究竟怎么走，自己真的不知道。

这是现代化发展的第一步，而且这个第一步，由中央气象局以 BQS 项目为具象，率先迈出了。

为此，1975 年，中央气象局成立了 BQS 工程管理处，专门负责工程的组织管理和建设工作。工程处下设 3 个组，土建组、通信组和计算机组，其中：

- 土建组负责业务大楼等土建工程；
- 通信组负责有线和无线通信机房的设计和建设；
- 计算机组负责计算机系统的选型、引进、安装、运行维护；通信应用软件的开发和运行维护工作。

项目的组织者和决策团队都明白，这三个组中，计算机组最为关键，最为复杂，最具挑战性，压力也最大。因此，计算机组又划分为三个二级组，系统组、硬件组和软件组，其中：

- 系统组负责系统设计、系统硬软件协调、应用软件开发协调、工程进度管理和系统综合测试验收等工作；
- 硬件组负责计算机硬件的培训、安装、调试和运行维护；
- 软件组负责系统软件和应用软件的培训、软件开发和运行维护。

与此同时，为配合甲方，也为圆满完成在中国大陆的第一单生意，打响开拓中国大陆市场的第一炮，日本日立公司也成立了相应的组织管理班子，包括：组织管理、系统设计、硬件系统、系统软件和应用软件等小组。

向谁学？学什么？

各专业技术组的成立，并非问题的终结，而是解决问题的开始。毕竟各组成员都是头一次面对所负责的专业问题，谁也没有现成的经验可供参考。因此，技术组的头一项重要工作，就是学习，学习国外一切先进的理念、技术以及方法，为我所用。

然而，究竟向谁学，具体学什么？

当时尚处于"文革"时期，尼克松虽已访华，但美国毕竟是当时世界上头号"帝国主义国家"兼"超级大国"。中美关系远没有到像中日关系那样解冻的程度。人们"谈美色变"，更别提向美国学什么东西了。

因此，在当时若想学习西方的先进技术，较为现实的目标只有也只能是日本。况且经过考察，至少在气象通信系统方面，日本处于世界领先地位。"师夷之长"，学习日本建设大型信息系统的方法和经验，是当时 BQS 系统团队上下一致的观点和想法。

然而，简单地将日本气象厅所建的国际气象通信系统原封不动地移植过来，是全然行不通的。因为中央气象局要求通过该项目的建设，将所有接入中央气象台通信大队的国际、国内气象通信线路全部汇入 BQS 系统，由 BQS 所配计算机系统予以统一处理和管理；要毕其功于一役，一举改变国家级气象通信系统的落后局面；并以此为出发点，分阶段分批次提升国内区域和省级气象通信系统的能力和水平，使其与国际水平看齐。

当时通信大队所管理维护的四十余条国内线路，以及十余条国际通信线路，彼此在制式、速率和协议等方面都不尽相同，需要一条一条地梳理，一条一条地归类，一条一条地拟定接入 BQS 系统的方案和具体措施。

"我头一次碰到这些，头都大了。"负责系统设计的王春虎后来回忆道，"光这些线路纠缠在一起，简直就是一团乱麻。更不去说报类的识别、区站的识别、报文的解译、错报的处理等一系列功能的具体实现了。"

此外，诸如上文提到的"系统可靠性"以及"不丢报"（亦即主从计算机切换时报文接收不间断）等问题，即便日本人当时也没有做到，这些都不啻是从没遇到过的挑战。

"没有办法，只能一步一步地来。"王春虎总结道。

一步一步地来，从上到下，从粗到细，从宏观到微观，一步一步地梳理。

"其实在商务谈判合同签订之前，我们已经和日本人讨论了好几个月了。最开始我们一时也说不清我们到底要什么，日本人也弄不清楚他们应该做什么。"王春虎说，"日本人于是采用他们建设信息系统的管理方法，先从总体功能规格书讨论起。先把总体功能需求说清楚，而且明确这些功能都由哪些分功能组成，然后再一个分功能一个分功能地分解、梳理。分功能完了再子功能，子功能完了再模块，一层一层向下分析、分解，直到最底层能够达到直接编码的时候为止。"

BQS 工程处计算机组下属的系统组由吴贤纬（组长，后由王春虎接替）、杨卯辰、王春虎等组成，专职负责计算机系统总体设计。其主要职责之一，便是总体功能规格书以及各分项（如总体数据规格、电报数据规格、数据存储规格、接口规格、宏指令规格……）规格书的讨论和拟定。系统组依照商定，在商务合同签订后，于 1976 年 10 月底飞赴日本神奈川，在当地的日立工厂与日方系统设计组一同讨论总体功能规格书的各项内容。上午讨论完，中午在会议室旁边的休息室里吃一顿盒饭，稍做休息，下午接着讨论。就这样一天接一天，一周接一周，一个月接一个月，连元旦、春节都搭了进去。很快三个月期满，老吴、老王他们一行人带着满脑子、满本子的遗留问题返回北京。翌年（1977年）2月，与第一批赴日培训（赵振纪、徐家奇、应显勋等这一批）相同步，日立公司系统设计组飞来北京，下榻于北京饭店，与中方系统组继续讨论这个主题。老吴、老王一干人等再接再厉，每日闻鸡起舞，乘专车赶赴北京饭店与日方讨论。依旧是一天接一天，一周接一周，一个月接一个月，一项功能一项功能地梳理，一个问题一个问题地分析解决。在五六个月之后的1977年夏秋之交，总体功能规格书终于大体完成，然后接下来马不停蹄地讨论总体数据规格书、电报数据规格书……

讨论的过程也是学习的过程。老吴、老王他们从无到有，从不了解到全面熟稔，很快便领会并掌握了日方的方式方法，并由衷地欣赏这套方法的严谨和科学。

"文档驱动"

功能规格书，从主干到分支，从枝干到枝杈，最后到枝叶，各个层级、各个分项的功能规格书的讨论、确定和编写，这是BQS项目计算机系统建设在设计阶段最突出的特点。

即便到了编码阶段，日本人也要首先搞清楚编码模块的功能实现，包括流程、接口等，并全部落实到纸面上。

"日本人工作特别严谨，他们不着急编码，"蒋克俭回忆道，"到后来他们总体功能规格书讨论完了，确定了以后，我们软件组也分成了好几个组，什么 ESP1 组、ESP2 组之类的。他们每个组都派一两个日本人在里面，专门先教我们怎么写那些分派给我们开发的模块的功能规格书。设计、讨论、写文档、画框图、画流程，然后讨论，修改，再讨论，再修改，一直到全弄清楚了，没问题了，这才开始着手编码……"

"那帮日本人真玩儿命！"董庆不禁赞叹道，"我们每个组都有一两个日本人在里面辅导，他们叫'督查'，都住在北京饭店。头天我们把文档和流程框图送给他们，第二天就把我们叫过去了。咖啡一杯接一杯地喝，眼睛红得跟兔子似的——肯定是头天晚上熬夜了，连夜看文档找问题——一根接一根地抽烟。然后叼着烟卷，啪啪啪把毛病问题一个一个摆出来。翻译还不给力，时不时总翻错，最后讨论半天，拿回去修改，没话说……"

于是，自 1976 年 10 月商务合同签订后中方系统组赴日讨论系统总体功能规格书开始，此后的一年多时间里，双方一直在做文案方面的工作，大大小小厚薄不一的各类功能规格书陆续形成。随之而来的，是系统有哪些功能，这些功能又由哪些子功能予以组合实现。一层一层，一个一个，讲得清清楚楚，明明白白。但凡是个码农，认真看完这些文档后，基本就可以上手编码了。

用多年后才问世的软件工程的理论方法来回看当年 BQS 的设计讨论过程，可以很清晰地看到"文档驱动""功能点"的影子，以及初步设计、详细设计的痕迹，甚至于可以隐约嗅到其中蕴含着的与生俱来的德鲁克、戴明的气息。所以说，发达国家的这一整套科学有效的管理理论和方法，并不是一蹴而就的，是经过多年酝酿打磨之后才逐渐屹立于世的。而这套方法对于中方参与设计的所有人员而言，不啻是获得了一整套从现状到未来彼岸的逢山开路遇水搭桥的方法和手段。

功能规格书的作用

　　时隔四十余年，在回望当年漫长而艰苦的讨论分析过程时，王春虎依然充分肯定系统功能规格书的地位和作用。王老随手举了一个令他印象深刻的例子。

　　当时引进的用于气象通信报文接收处理的日本 M-160 计算机，虽称之为"大型机"（当时的水平），然其运算速度亦不过每秒几十万次浮点运算，时钟频率也就是 MHZ 的水平。能否一个字符不丢地接收到十几条国际通信线路、几十条国内通信线路上所有上传（及下发）的气象报文，日本人自己也没有把握。须知那时通信线路尚处于模拟信号阶段，数字电路刚刚问世，距离大范围应用还有好多年的时间。因此，双方系统设计组成员必须就这一目标，依照报文接收的全部流程和操作，一条指令接一条指令、一个时钟周期再一个时钟周期地一点一点抠，一步一步地计算。而且设计组要讲清楚，如果算的结果不能满足要求，则该计算机需要在硬件方面（如接口、缓存、通道预留等）做哪些定制化的调整和规划，操作系统需要做哪些定制化改进，等等。这一切都需要想全面，讨论清楚。双方确定下来，然后系统功能规格书版本冻结（里程碑文档不能无限期地更改，现在也一样）。日立公司有关工厂将根据已冻结的系统功能规格中对硬件部分的相应要求，对提供给中方的这两台 M-160 机进行相应的定制化调整和改造。由于这两台 M-160 机是专为中方定制的，所以如果设计之初在上述方面有所遗漏，未在版本冻结之前把所有关键问题讲清楚，则计算机出厂后在面对北京气象通信枢纽这一特定的业务环境时，便有可能存在先天性缺陷。如同畸形儿一般，天生残疾，无法完成预先设想的所有功能要求。幸好，所有核心问题在系统功能规格书的讨论中皆被一一发现并罗列了出来，并在版本冻结前逐一得到有针对性的解决。计算机系统在硬件功能方面没有出现不可弥补的缺陷和漏洞。

把所有功能都想清楚，包括功能的组成、功能的结构、功能之间的关系，以及功能的具体实现，等等，一一想清楚、一一讲清楚，并将各个功能的具体实现途径和方法予以一一落实，这是这一方法给人印象最为深刻的地方。而要达到这一境界，详细的讨论和分析以及文档记录是不可或缺、无法避免的。

一位曾在 BQS 项目系统组里工作多年的老同事对项目设计阶段的这一套文档作业赞不绝口。据该老同事回忆，BQS 系统上线运行一年多以后，1981 年 4 月 15 日，局里下发通知，决定于当年 10 月 5 日零时起，"恢复使用国际通报用语和电码符号"（在此以前的 1966 年，中央气象局根据当时的形势需要，曾决定停止使用国际通报用语和电码符号，笔者注）。这意味着，BQS 系统中原有的报文识别和解析功能需要做对应的调整。"那时候原来的团队已经都解散了，大家分到各个地方干别的事儿去了，就几个人在维护这套系统。你不能为了这件事把所有人再召回来，而且实际上你也召不回来了，单位里也不放啊。"老同事说道，"要不是有这些文档，这套系统就麻烦了。新规则后收到的电码（BQS 系统）不认识了，那就非得大改了。如果真是那样，（BQS 系统）可就要伤筋动骨了。"

据这位老同事回忆，几个维护人员最初也有些紧张，毕竟他们当初都不负责电码识别解译这部分工作，谁也不敢打包票。后来通过查找文档，很快找到了相应的软件模块，读懂了模块的功能实现方法，动手对模块进行相应调整修正后，很快便解决了问题。

　　几十年后的今天，回望当年那些熬人、耗人、磨人的讨论分析过程，几乎所有参与过 BQS 系统建设的人们，都对当时日本人教授给我们的这套方法赞许有加。大家几乎众口一词地认为，正是由于有了这套方法，才使得 BQS 系统在建设过程中少走了许多弯路，避开了许多沟沟坎坎、暗坑陷阱，一举取得了成功。用许多老同事的话，这套系统作为中国气象部门现代化发展建设的第一个里程碑，建设得如此成功，至今在我国气象界所有信息系统建设中都是罕见的。

　　细节决定成败。

　　方法决定成败。

擘 画 08

对于中央气象局而言，面对 BQS 系统这样一个规模和复杂度都是前所未有的信息系统建设项日，科学的方法、周密的设计和有效的管理是至关重要的。

因此，在这里有必要集中讲述一下系统组所做的工作。

就隶属关系而言，系统组从属于计算机组，而计算机组则是 BQS 项目工程处下属三个专业组——土建组、通信组、计算机组——之一。因此，在整个项目组织结构中，系统组仅居于一隅。

然而，就是这个系统组，承担着整个 BQS 系统所应完成的各项功能的规划和设计。

系统总体功能规格书

首先，是《系统总体功能规格书》的讨论和拟定。

如同当时全国人民都耳熟能详的最高指示"阶级斗争是纲、其他都是目"一般，对于 BQS 项目而言，系统总体功能规格书是纲，其他文档都是目。

总体功能规格书第一个要完成的，是明确 BQS 系统所应完成的任务，以及完成这些任务所应具备的各项基本功能。比如：**承担国际、国内通信系统的各项工作**。单就这一句话，就意味着该系统至少应当拥有国际/国内气象报文的接收、归档存储、处理、漏报补报和转发等功能。

其次，总体功能规格书需要确定各项基本功能的实现途径。如气象报文的电信讯号（模拟信号）接收和发送功能，由计算机（M-160）通过通信控制处理机完成；而接收到后转换成计算机字符（ASCII 码或 EBCDIC 码）的功能，则由应用软件中的通信处理部分完成。须知此前曾经很长一段时间，报文的接收完全是凭人耳收听来完成的，后虽有电传机逐步取代人工，但用电子计算机和通信控制处理机来替代电传机，在此之前亦完全没有尝试过。再如，接收到的报文的归档存储功能，由应用软件中相应的归档部分驱动磁带机设备来完成，等等。

第三，总体功能规格书需要明确对原有设备（计算机、通信处理控制器）及系统（操作系统）进行有针对性的定制化调整和能力增强的有关内容。如现在的计算机与外部设备——打印机、绘图仪、通信调制解调器（亦即所谓 Modem）等——的对接通信，是由计算机所配标准通信接口，以及操作系统所配置（携带）的标准通信软件（程序）共同完成的。这里面既要有主机和外设两者通信接口之间通信线路传输频率的适配，也要有两者间通信协议的相符和相识。但当时（上世纪七十年代后期）的计算机尚处于春秋战国时期，群雄割据。虽然 IBM "一厂独大"，但 DEC 等小型机（后改称为"服务器"）厂商已异军突起，不断蚕食着老大 IBM 的地盘。令人郁闷的是，由于"一等企业做标准"的认识当时尚未在业界普及，许多工艺都没有形成工业标准。这些厂家你干你的我干我的，彼此互不兼容，计算机通信便是其中之一。而 BQS 系统要求接入的气象通信线路数最高达到 128 条，且就当时安排第一批接入的国际、国内气象通信线路而言，50bps、

75bps、100bps 等样样皆有，通信协议或为 WMO 自创，或为国内的协议。因此，必须针对每一条接入的通信线路，在通信处理控制器上，以及在操作系统中进行有针对性的调整、补充和修改。

再如，上文中讲述的对于"系统可靠性"的要求，最终拟定的解决方案为：两台 M-160 同时接收所有通信线路的传输信号，并以一定的时间频率设置"恢复点"。两台 M-160 通过"心跳线"互测对方的运行状态（单说这根连接两台计算机的所谓"心跳线"，当时的 M-160 自身就没有，需要厂家为此专门定制）。当"从机"侦测到主机因故"OVER"后，立即启动相应的所有处理应用，并从最近的"恢复点"开始，接替主机继续所有的处理工作。为此，需对操作系统就这方面的特殊需求（如恢复点的产生等）进行相应的调整和补充。

此外，在"从机"接替"主机"工作后，主机此前所处理的所有数据，从机必须能够顺畅地读写。这意味着"主机"产生的一系列存储于磁盘之上的数据文件，"主机"和"从机"（甚至于"第三者"——M-170 机）必须都能够读取和修改，此即所谓的"双机（或多机）共享磁盘文件"。这项功能不要说在当时，就是在 20 余年后的 21 世纪，也是需要经验丰富的计算机厂家认真对待的关键技术点之一。而在 BQS 时期，这项功能需求更是前所未遇的关键技术难点，需要就此对操作系统进行相应的定制化处理和补充。不仅如此，在"从机"接替"主机"后，原主机所控制管理的一切（包括外设，如磁带机等），都需要由"从机"接管过来继续运行。这一套宿主机与备用机之间的功能和身份切换流程，在当时实在是空前的，就连自信满满的日本人此前也没有遇到过。

如此等等，对设备和操作系统提出的各种有针对性的定制化调整和补充，皆需要在《系统总体功能规格书》中一一列出并明确。

第四，《系统总体功能规格书》需要完成其上所列系统各项基本功能的功能组成分析和功能分解。如气象报文的处理功能，至少应当由报类的识别、各类报文的解译、各类常见错报形态纠错等功能构成。一份气象报文由报头和报身组成，报头负责告知本份报的身份，即我是哪个国家、哪个台站、哪个时次、哪种观测（高空抑或地面观测等）的观测报；报身则负责告知本种观测的各个气象观测要素值。没有报身，发报根本没有意义（要的就是你的观测值）；而没有报头，便无从知晓报身所记录的观测要素值来自何方——是青藏高原还是塔克拉玛干沙漠？是"世界火药桶"巴尔干地区还是"地球之肺"南美热带雨林？因此，上述"报类的识别"功能相当于对报头的分解、识别和归类，而"各类报文的解译"功能则相当于对每一类已被识别和归类的报文的报身进行本类报文的分解和识别，提取出相应的观测要素，以为气象工作者所用。其中包括地面报、高空报、船舶报、飞机报、旬月报、雨量报等十余种报类。仅这一点，又得牵扯出多少子功能出来……

为避免过于专业化所造成的冗长和烦琐枯燥，《系统总体功能规格书》的其他内容不再一一叙述了。请读者们理解笔者的苦衷。

总之，作为"纲领性文件"的《系统总体功能规格书》，其重要性是怎么说也不过分的。同样，在它身上花费的时间和力气也是最多的。

气象报文及存储文件数据规格书

系统组完成的第二项工作，是《气象电报数据规格书》

的编纂拟定。

该规格书把 WMO 所规定的各种气象观测报（如地面报、高空报、船舶报、飞机报、雨量报、旬月报，以及卫星雷达观测数据等）、气象预报，以及各种气象数据文件，无论当时是否接触过、使用过，其文件内容和文件格式等都要全部纳入到 BQS 系统的数据规格书之中。如各类常规气象观测报的各个报码组（五码一组）每组、每位的含义、要素电码值及相应的要素单位。这些都将作为项目实施过程中数据规格和规范的唯一参考依据。

系统组完成的第三项工作是《系统存储文件数据规格书》，将 BQS 系统运行过程中所产生的所有数据文件的文件内容、存储格式、文件命名、存储路径以及读/写方式等全部一一予以规定说明。这些数据文件大致包括：

1. 原始报文文件。将接收到的气象报文，在进行适当的无信息损伤编辑（如将同时、同类的报文在去掉冗余报头后进行合并，形成"公报"）后，以规定的格式、规定的文件名存放于磁盘固定的目录下。

2. 加工处理过程中间文件。一份气象观测报文的解译需要多个步骤顺序完成，如报文格式的规整、常见错报的纠正、报文要素的分解、报文要素的解译，等等。这些解译处理过程不能对原始报文进行操作，以免造成信息的不可回溯性损伤，所以需要建立新的处理过程中间文件，以供处理之用。

3. 日志文件。很遗憾，虽然当时"分时操作系统"已出现近十年，IBM-360 机的操作系统也大致配备了系统日志文件的生成，但 BQS 系统实在太特殊了。其产生的状态信息（尤其是应用系统所产生的），由操作系统自带的日志文件无法完全收集。因此，为便于系统的维护，必须自行设计 BQS 系统的日志文件，以及相应的存储策略和读写方式。

4. "恢复点文件"。这是为"恢复点"功能的实现而设计的特殊的数据文件，由定制后的操作系统管理。所谓"恢复点"，是指计算机在运行时的一种特定操作。在规定的时间点，把当时系统所有关键信息保存下来，以便在此后运行过程中一旦出现故障，系统可以根据这些关键信息，回退到"恢复点"产生的时刻，从该时刻起继续向前运行——而不必回到初始状态，从头开始运行。"恢复点"的产生，主要是"恢复点文件"（保存当时系统所有关键信息的数据文件）的产生。而"恢复点文件"内容的确定，及其内部结构和存储/读写方式，便自然而然地成为了系统组责无旁贷的工作内容之一。

5. 归档文件。将当日原始报文文件经过一定的无信息损伤归并处理后，按照一定的顺序，在规定的时间记录到 6250bpi 磁带上，脱机保存，以此作为 BQS 系统数据归档。

像这样的数据文件存储规格种类，累计约 35 种左右。

依前所述，当时计算机磁盘应用在业界刚刚展开，关系型数据库要到十多年后方才问世，磁盘数据文件多以顺序文件为主。然而，BQS 系统数据文件种类繁多，处理和应用十分频繁。为解决顺序文件所固有的检索读取效率问题，系统组将那些处理、应用频繁的数据文件的存储格式设计成定长记录形式。文件由键部和数据部两部分组成，键部负责描述本数据文件的所有特征，以及各记录中各要素的位置、字长、数据格式以及物理单位等；数据部则是本文件各个要素的具体规范性存储。

阅读到此，熟悉气象数据文件格式的人们不免会会心一笑——这不就是自描述（亦即所谓"表驱码"）文件么？

可要知道，这是在上世纪七十年代末，欧洲中期天气预报中心（European Centre for Medium-Range Weather Forecasts，ECMWF）推出 GRIB、BUFR 码在此后近十年方才试行，而美国人制订的 netCDF 格式要到上世纪九十年代中期方才强势推行的。BQS 系统比他们至少要提早近十年。

《系统存储文件数据规格书》拟定后，后续所有有关数据的处理和应用软件的编制，全部以此作为相应数据存取的规范而参照执行。

应用系统的技术文档

系统组完成的第四项工作，是《用户程序综合功能规格书》的编制。

BQS 系统的软件由系统软件和通信应用软件两部分构成。其中：系统软件负责系统管理、通信管理、资源管理、运行控制等任务，通信应用软件负责气象通信的接收、识别、转发、编辑处理、数据存储、填图绘图等任务。

系统软件所涉及的内容包括操作系统 VOS2、专用通信控制程序（SCP）、资源管理程序（RMS）、系统运行管理程序（SOP），等等。系统软件的功能规格在《系统总体功能规格书》中予以确定。日立公司方面负责系统软件的定制开发，中方派人参加。

通信应用软件包括：

编辑转发程序 1（ESP1），专职负责气象通信线路的报文接收和发送。

编辑转发程序 2（ESP2），对 ESP1 接收来的气象报文进行识别、分类、解译、常规纠错、补报、转发等操作。

批量用户程序（BUP），数据文件的存储管理（含增、删、改、查等常规操作）。

应用日志程序（BEP），应用系统日志文件的生成和管理。

自动填图程序（PLP），驱动自动绘图仪绘制所有有关天气图。

通信应用软件开发以中方为主，为此中方专门成立了相应的软件编制小组。徐家奇被任命为 ESP1 组组长，负责气象报文的接收和发送。据徐老回忆，系统组组长吴贤纬在交代任务时特意对他说，小徐呀，我把最复杂的这部分任务交给你了，使"小徐"深感责任重大。

董庆、蒋克俭二人则皆被选入 ESP2 组，负责报文的处理。日方负责与之相关的技术指导。

系统组完成的第五项工作，是《系统接口规格书》的设计。

因为 BQS 系统涉及设备与计算机、计算机与计算机、操作系统与应用软件，以及相关应用软件之间等多种场景、多种形式的系统交互，这些交互的界面及接口的界定，由本文档予以完成。

系统组完成的最后一项重要工作，是《BQS 系统综合试验项目》设计，亦即现在传统意义上的系统测试计划和方案的设计。

与目前许多信息系统建设项目中严重走样变形的系统测试不同，那时虽然软件工程理论体系尚未完善，但 BQS 系统的系统测试方案却是尽可能严格按照相关规范行事的。测试方案单独拟定，测试数据由专门的小组负责准备，尽可能回避软件开发者们。比如，发生故障后主、从计算机的切换试验，两台 M-160 机能否在规定时间内（30 秒）完成切换动作；再如，各种气象报文的识别、分类和解译，等等。测试方案首次将实际业务场景纳入其中，将国内气象通信线路和当时已在运行的几条国际气象通信线路接入到 BQS 系统，设计了现有业务系统与 BQS 系统并行运行；且以现有业务系统的结果为依据，检验 BQS 系统的正确性和完整性。测试方案依次分别设计了 24 小时、36 小时、48 小时、72 小时、96 小时和 144 小时的并行试验，以检验 BQS 系统在实际业务环境中的运行表现。

系统测试方案的完成时间大约在 1979 年上半年。

所有重要的全局性技术文档，系统组都安排打字室打字印刷成册，参与者人手一份。

开会讨论是工作常态

系统组成立于 1976 年 9 月、BQS 项目商务合同签订的前后，最初由吴贤纬任组长。组员最初不固定，随着不同阶段设计的需要，从各单位抽调相应人员入组参与讨论编写。由于年代久远，参与者对当时的记忆多皆模糊，而相关档案中又遍查不获，具体的名单现已无法列出了。

1978 年北京气象中心成立电信台，所有与 BQS 设计、建设相关的人员全部纳入电信台编制，以致电信台规模一度达到 340 余人。在此机构调整中，吴贤纬调任电信台工程师，王春虎则调至下属运行科任科长，并继续主持相应的规格书讨论编写工作，直至 BQS 系统投入业务运行。

值得一提的是，日本方面自始至终参与了系统组的所有讨论、设计工作，在不同阶段派遣不同的专业专家，并在讨论过程中提出了很多值得借鉴的建议和意见，甚至是指导。

关于系统组是如何开展工作的，笔者曾多次询问参与该组工作的同事，然而所有回答几乎都惊人的相似：无非就是开会讨论，然后编写，然后再讨论，然后再修改编写。一些问题如果与会者无法解答，那么就邀请能够解答的同事加入进来，一起讨论，一起修改文档。如此循环往复迭代，直到所有人都提不出意见时为止。按照这些同事的说法，整个过程单调乏味得很，实在没什么可说的，也实在没什么值得写出来的。

笔者上世纪九十年代后期，曾代表国家气候中心，参加过当时由中国气象局总体规划室主持的两个重大规划项目，"局大院骨干网络总体设计"和"海量存储系统总体设计"，历时约一年半。记得这两个系统的设计组由大院内各单位信息技术骨干抽调组成，召集人也是从这些人员中推选出来的。局总体室的领导和工作人员参与其中，并主导这两个组的工作方法和工作进程。那是我头一次与王春虎主任（当时任总体规划室副主任，主持工作）和应显勋、赵振纪老师在工作上的深度接触。当时王主任给我的印象有两个方面。

其一是工作上逻辑的严谨。以"局大院骨干网络设计"为例，王主任不是一开始就急于动手设计，而是首先组织大家搜集所有可以收集得到的与通信网络相关的技术资料，粗缆、细缆、卫星、光纤、微波、FDDI、令牌环、ATM……甚至连CRAY 巨型机的内部通道 HiPPi 的相关资料都搜集了厚厚的一摞数百页，可谓一网打尽。然后便是分类和分工，每个与会者都分到一两项技术，回去后在规定时间内仔细研读，并在指定的讨论会上介绍所负责的这些技术。它的产生、它的特点、它的适用范围、它的发展趋势，等等。一边介绍，一边大家讨论，一项一项讨论清楚，然后填到一张大表上，上面详细列出了这些技术的特征、特点、适用范围、目前使用情况、未来发展趋势，等等。等到这张表格基本填满之后，哪些技术值得重点考虑，便一目了然了。

另一个深刻印象是，王主任抽烟抽得实在厉害。开会讨论之前他总要把一个当时刚刚时兴不久的纸杯子搁到面前，将茶杯里刚沏好的茶水倒一些到纸杯里，然后从兜里掏出一盒"中南海"搁在笔记本旁，清清嗓子，便开始主持起会议来。会议期间王主任如何地吞云吐雾姑且略去不谈，一般一场两三个小时的会议下来，原本鼓鼓的烟盒已经干瘪得惨不忍睹。最后被王主任在宣布散会、起身离座时顺手揉捏成一个纸团，扔进会议室门边的垃圾筐里。

记得参与这两项设计工作不久，我就被这几位前辈的工作方法和工作态度所折服，暗地里将他们引以为师。于是，以王主任的两大特点为例，一年半下来，我的信息系统设计理念和方法的严谨性、科学性得到不小的提升，这在我以后二十余年的工作生涯中实在受益匪浅。至于抽烟嘛，作为烟界"票友"的我，烟量此后也确实有所提升。虽然远没有到王主任那种半天能干掉大半包的专业水准，但一天抽个三四根低焦油"卫生烟"也一度成为了"新常态"。而且王主任是在二十一世纪初便开始戒烟的，我却断断续续地一直到2016年房颤发作得受不了之后，方才彻底扔掉手里的烟头的。

前期准备一：大楼及其通信电缆

也许是主持或参与主持过太多的工程建设项目，也许是经历过太多的波折困顿，当笔者访谈已是92岁高龄的梁孟铎老人、请其叙述一下当年建设BQS系统，特别是那栋当时在紫竹院一带突兀而起、孤高独立，现在却早已淹没在鳞次栉比的高楼群中的北京气象中心（后更名为国家气象中心，现中国气象局大院北区1号楼）大楼的建设过程时，梁老想了好一阵，抱歉地回答说，实在没什么可说的。不过，他对这栋大楼当时在当地的醒目程度还是有一些印象的。

"那时候海淀区这一带没什么高层建筑，"梁老回忆道，"当时我们在北京饭店和日本人谈判，中间休息的时候从饭店西侧窗户望出去，这栋大楼看得清清楚楚。"

毕竟年代久远，在笔者访谈的多位1976年年初赴广东工学院参加计算机短训班培训，以及赴"北大200号"参与"150机"培训的诸位老同事依稀的印象里，他们走的时候大楼的大坑已经挖好。施工车辆进进出出，远远望去，工地现场一片热火朝天。等1976年年底他们回来时，大楼的主体结构已经基本封顶了。

北京长途电话大楼是全国长途电话网络的核心。该楼筹建于 1959 年，由于众所周知的原因，至 1976 年 7 月初方才建成并投入使用。此前中央气象局的有线通信线路，是通过连接到位于长安街西单东侧的电报大楼的一根五十对的通信电缆专线来进行的。北京长话大楼的建成和运营，意味着这个有线通信的信号源将从电报大楼搬迁到此，而这一改动又意味着，需要增加从中央气象局大院到长话大楼的通信电缆。

据档案记载，最初设想的两点之间的通信方式是微波通信。为此中央气象局曾于长话大楼尚未正式运营的 1976 年 3 月底，向北京市规划局发函，请其在北京市建设规划中予以考虑。

在两点（北京气象大楼、北京长话大楼）之间直线连线左右各 75 米宽度的一条带为电波传输通道。在整个通道内建筑物的绝对高度不得超过 70 米，望你局在这个地区今后规划中给予考虑。

这里，之所以限高 70 米，是因为北京气象中心大楼的绝对高度为 103 米，长话大楼为 98 米。

自然，这一现在看来委实有些不大着调的设计方案不久就被撤销，改之以两点之间铺设通信电缆。为此中央气象局于当年（1976 年）8 月中旬再次向北京市规划局发函，提出在中央气象局大院和北京长话大楼之间铺设通信电缆的设计方案，并报送了相关施工图纸。简而言之，就是在两点之间沿马路埋设一条有多个管孔、用于电信电缆铺设的地下管孔通道。

转过年来，各种准备工作相继完成。1977 年的 3、4 月，地下电信管孔通道施工正式开始。BQS 工程处下属的通信工程组一干人等作为中央气象局方的工作人员，悉数参与其中。

"其实当时主要的工作是联系施工单位，解决施工中出现的问题，还有就是监督施工进度。"一位当年参与此项工作的老同事回忆道。由于此前属于电信部门的地下管孔通道已部分存在，此次施工中中央气象局负责的地段主要有两段，分别是紫竹院至中央气象局大院，以及位于百万庄一带的甘家口商场（现在的甘家口大厦）向东沿马路至展览路一段。根据这位老同事的记忆，施工过程中没有发生任何令人至今仍记忆犹新的事情，"一切好像挺顺利的"。

据《国家气象局大事记（1960—1984）》记载，

1977年9月21日：中央气象局接待了应邀来访的日本气象厅长官有住直介率领的日本气象代表团。双方就北京—东京的气象电路达成协议，27日在北京签署了中日气象电路协议书。电路自12月1日正式开通。

地下电信管道及通信电缆的铺设工程于1977年第四季度中旬前后完工。12月1日，北京—东京气象电路正式开通。中央气象局开始正式地通过有线电路方式，通过日本东京获取全球气象资料，速率为75bps。

在此前后，BQS系统的主体建筑——北京气象中心大楼的内部装修业已接近完成。

前期准备二：环境动力条件

大军未动，粮草先行。对于BQS系统的核心设备——计算机及相关配套设备而言，良好的环境动力无疑是其赖以正常运行的基本条件。

现在的年轻人也许不信，1978年前后的中国IT基础设施界，人们还没有见过 UPS（不间断电源）。此前已在中央气象局安装并运行有一段时间的 DJS-8（即"320机"）硅晶体管电子计算机，其用电是靠一台 400Hz 的中频发电机提供的。BQS 项目从日立公司引进三台大规模集成电路计算机的同时，作为配套基础设施，也引进了为其提供稳定电源的 CVCF 系统（稳压稳频电源，UPS 的前身，与当下的 UPS 在功能上略有差异）。这是国内第一台引进的计算机电源系统，受到国内有关方面的高度关注。因此，当 1978 年 3 月初进口的 UPS 到货并开始安装时，国内某单位专门派人，从拆箱到就位，从调试到培训，全程跟踪了这套 CVCF 系统的安装和使用过程。

出于慎重，BQS 计算机房的配电系统是由北京市建筑安装公司电子设备部门负责安装的。待到计算机及相关设备开始安装前，日方技术人员检验配电系统时惊讶地发现，配电柜里的各条导线、电缆装配得规规矩矩、整整齐齐、清清楚楚。惊讶之余，日本人对照图纸，按图索骥、从头到脚、从里到外细细检查了一遍，最后不得不为之叹服，"活儿干得太漂亮了"。一位当年老机务三科（也就是后来的环境动力科）的老同事得意中不无敬佩地回忆道，"日本人看了直翘大拇指，说比他们日本人自己干得都好"。

"负责这一块的那位师傅姓贾，当时是北京市的劳模。"这位老同事后来补充道。

据这位老同事回忆，作为第一套打入中国大陆市场的计算机系统，日立公司上层高度重视。环境动力方面特意派出了日立工厂检验科科长马场犬夫先生负责 CVCF 系统的安装和调试。马场先生确实认真负责，边安装调试，边培训中方的技术人员。为了培养"实战"经验，马场先生培训的方法之一是人为设置一些模拟故障，让中方技术人员独立查找并予以排除。一次，马场先生事先设置了一个模拟故障，几位中方技术人员根据迹象，参看图纸，仔细分析故障发生的根源，最后确定，故障的原因应该是马场先生暗自拨动了某个控制开关。在反复分析、得出即便错拨了这个开关也不会造成大的影响的结论之后，大家胸有成竹地拨动了这个控制开关。谁知"怦"的一声，整个系统全部掉电。马场先生闻讯急急赶到现场，大发雷霆，责怪他们不知轻重，擅自乱动开关。若是在实际运行过程中，这将导致重大事故云云。中方技术人员不甘示弱，据理力争，拿过图纸来，向马场先生详细讲解了他们的分析过程，并介绍他们得出的最终结论：即便这个控制开关动错了，也不应该发生这样的事情。马场先生听罢觉得有道理，息怒敛声，反复研究了图纸，最后赧然道，是图纸错了，并立即下令将相关图纸全部予以相应的修改。当然，出于对教师的尊重，大家也没有继续追究提供错误图纸所应承担的责任。

时隔 45 年后，当我问及作为全国第一台 UPS（CVCF）的运行维护者，有什么经验教训值得提及时，这位老同事不假思索地答道，最大的教训就是，UPS 机房没有安装空调。"当时我们不知道啊，也没人告诉我们，结果真正运行起来，UPS 机房里热得不得了。冬天也就算了，夏天简直没法待了。"老同事至今提起来仍然印象深刻，"后来没办法，只好在 UPS 机顶上加装风道，把热风排出去，不然里面没法工作了。"

当然，BQS 环动方面可圈点之处还是不少的。在这位老同事看来，最值得骄傲的地方，是北京气象中心大楼设计过程中所贯穿的环保理念（用现在的说法）。从水冷技术的采用，到空调机组的大小搭配组合；从新风通道的设计，到冬季室外冷源的利用，"说句实话，这样一种环保理念在当时是相当超前的，直到 2000 年以后才开始被大家所认识。"老同事提及此事，不觉眉飞色舞，赞不绝口。

这位老同事尤其提及了当时机务三科第一任科长刘长文，对这位作风严谨、性格温和的营职转业军人当年对自己的扶持和帮助，老同事始终感念不已。

乔迁新大楼

在机务三科着手安装调试进口 UPS 设备的前后，1978 年年初，BQS 项目工程处计算机组也将办公地点陆续搬移到刚刚完成内部装修、楼道内依然散发着潮湿的石灰气味的北京气象中心大楼。

那时候对新启用的建筑还没有"开荒"这个概念，更没有可承担"开荒"劳作的专职保洁公司，一切都需由使用单位自己解决。作为新大楼第一批进驻者，计算机组下属的系统组、硬件组和软件组众位男女老少本着"自己动手、丰衣足食""劳动者最光荣"的无产阶级革命理念，在领导的指挥和带领下，自己动手，又是扫地又是擦窗，拖地板擦门框搬杂物倒垃圾，干得挥汗如雨热火朝天。几天的工夫，原本遍地建筑垃圾、一片狼藉的办公室、楼道和机房便窗明几净、焕然一新。随后，三个小组按部就班，既有些恋恋不舍又有些兴奋，将自己的办公用品从已经盘桓了两年左右的北京气象学院行政楼，搬到了这栋崭新的、在附近一带颇有些鹤立鸡群之感的新大楼。要知道，这栋大楼当年曾经是多少年轻人梦寐以求而不可得的向往之地呀！"当时我就想，我要是能在这栋大楼里上班就好了。"笔者曾经的一位同事、当年的小姑娘后来回忆道。

由于新大楼当时尚未正式启用，门卫、消防等一应岗位设施尚未就位，安全问题便理所当然地交由这批提前进驻者来承担了。于是那些年轻力壮、尚未成家的短训班男生便也是理所当然地干起了白天上班、晚上值班的"黑白生活"来。

"当时那地方就只有我们，那个门儿也没人看，然后就叫小伙子们轮班看气象中心大门。"董庆回忆起当年的情形，绘声绘色，"晚上大门都锁了，旁边有个道儿，从那儿穿过去，然后还有个半截的。我们都是俩人值班，一个坐底下一个在上边睡。后半夜上面那个人下来，换下边那个人上去睡觉。"

大楼虽已内部装修完毕，但施工尚未全部完成，四周一片暄土，连个正经一点的石子路都没有。夏天雨季，一场大雨过后，楼前刚被踩出来的小路转眼就成了泥塘。那时进口设备已大体陆续到货并安装就位，软件组的几拨人也正在四楼几间办公室里埋头画流程图、写规格书以及试着编写代码。日方派来安装设备的硬件工程师，以及"督导"应用软件编程的软件工程师也早已抵达北京。这些工程师晚上及周末住在北京饭店，工作日白天则一大早便驱车来到气象局大院，准时上班。遇到大雨及泥泞小路，这些日立工程师也没有办法，好在我方事先皆为其预备下了雨伞及高腰雨靴。身材矮小的日本工程师脱下鞋袜，套上雨靴，打着雨伞，在局大门口下得车来，冒着大雨，蹚着水踩着泥，深一脚浅一脚地跋涉到大楼门厅里，收起雨伞，换上一直拎在手里的鞋袜，然后一本正经地来到办公室，开始一天的紧张工作。

于是，为给所有人（当然也包括日立工程师）一个"良好的行走环境"，不久王春虎便率领计算机短训班的一干男女青年，不等施工方拖泥带水，自己将早已码放在近处的地砖拉来。夯土的夯土，垫沙的垫沙，码砖的码砖，硬是凭借自己的力量生生将楼前暄土地修成了平平整整的方砖地。后来承建大楼的北京二建的施工队伍腾出手来，把楼前的地面重新挖开。先垫上厚厚的一层三合土，再严丝合缝地铺上方砖，将大楼前面彻彻底底修整了一遍，并（据说）一直沿用至今。

谈起日本工程师对工作的严谨态度，每个与其打过交道的人都印象深刻。李毅就曾回忆说，那时一些年轻人贪睡，上班常有几个迟到的。有关基层领导大概觉得此举无伤大雅，对此睁一只眼闭一只眼。日本工程师却眼里不揉沙子，一上班就拿着块表站在办公室门口，把所有迟到者姓名以及迟到时长一一记下，然后报告给中方负责人。几次下来，迟到现象便基本杜绝了。

清洁工作及擦拭风道

自 1978 年 2 月起，引进的日立计算机及相关设备开始陆续到货，并暂存在新大楼的一楼。BQS 系统设备安装进入倒计时。

前面已提到，北京设计院为北京气象中心大楼的机房环境设计了一套理念十分超前的方案。前面也提到过，那时没有"开荒"的概念，也没有可承担"开荒"工作的专职单位。施工单位完成施工任务，掸掸臀部走人了，此后的一切都要靠自己解决。而安装计算机及相关设备之前，首先需要自己解决的问题之一，就是机房场地及通风管道的清扫。

机房场地的清扫相对容易一些，毕竟与平日里的大扫除差别不大。无非仔细一些，洁净度高一些，多擦几遍玻璃，多拖几次地，基本可以达到要求。

有些难度的是通风管道的清扫。

当年那些计算机设备当中，最需要清洁环境的当属磁盘。

那时磁盘阵列、RAID1～7等存储技术尚未出现，计算机所配磁盘一般只有固定盘、活动盘两种。单台长宽高大约在1米×1米×1.6米左右，单台容量当时大约在100～200MB之间。其中固定盘是密封的，存储容量固定；活动盘则可以将磁盘盘体取出，换以新的盘体，故而单台活动磁盘驱动器可因新盘体的不断换入而逐步扩大存储容量。这种磁盘以提高磁头与磁盘表面的贴近度来提高存储密度（进而提高存储容量），以加大磁盘转速来提高磁盘的读取速度，因此稍有尘埃进入粘在磁头上，便有可能导致高速旋转中磁盘表面被划伤，从而导致磁盘受损，数据丢失，所以磁盘环境的洁净度非常重要。活动盘因在更换新旧盘体的过程中不可避免地会接触到外界，因此外部（也就是计算机机房）环境的洁净度便需要严格保证了。除进出机房的工作人员必须更换洁净的工作服装以及接受风淋等措施外，通过风道送进机房的风的清洁度自然更是把控的关键所在。如果风道里藏污纳垢，即便再洁净的风，吹到机房内都肯定达不到要求，因此风道的洁净度必须首先符合要求。

建筑施工单位自然没有义务对风道进行洁净度处理。他们撤离后交给BQS工程处的是一个"原生态"的风道，不经认真清洁，根本无法使用。

那时没有什么洁净的办法，就靠人钻进风道里清洁。也没有什么清洁工具，就靠钻进风道里的人拿着抹布来回来去地擦拭。风道宽约60厘米，高约40厘米，长度好几十米，中间还有一些岔路。身材魁梧者钻进去没爬几步，就卡在里面动弹不得，更别说擦拭风道了。于是，擦拭风道的任务便落在了那些年轻力壮而又身形瘦小的小伙子们身上。

"那时候我们都特老实，让你干啥就干啥，根本没想过讨价还价，不像现在……"一位当年参加过风道擦拭的老同事感慨万千、字斟句酌地说道。

根据这位老同事的描述，风道擦拭分好几组，每组至少两个人。风道里黑漆漆的，前面那个人一手照着手电筒，一手拿着抹布上下左右擦拭；后面跟着的那个人负责更换前面的人丢出来的脏抹布，并递上洗涮干净的新抹布。由于风道狭窄，爬进去的人根本无法掉头，只能顺着爬进去，倒着退出来。偏偏头一次擦拭时风道很脏，擦不了多长距离抹布就脏得不能再用，必须更换了。因此前面擦拭的人固然累得两臂酸痛、汗流不止，后面更换抹布的人不停地爬进退出，也忙得气喘吁吁、白沫生生。

"干一个多小时必须得换人了，太累了，再厉害的人也扛不住。"老同事想起当年的艰苦，依然谈之色变，"退出来一瞧，身上的工作服都脏得成抹布了。"

如此这般地花了好几天时间，前后从头到尾完完整整擦拭了三遍，日立工程师方才点头认可。刘长文所率领的机务三科可以向机房送风了。

各种计算机设备，至此开始就位。

就位（下）

热火朝天的搬运和安装

"我们先把那些进口设备连带外面的包装箱运进气象中心大楼一楼的门厅里，外面都印着编号，错不了。那些个头儿比较小的，能从电梯里运上去的，就在一楼门厅里拆包装，然后走电梯上去，再推进机房，到标好的位置上放好。"一位曾经参加过 BQS 系统设备就位的老同事眯起眼睛回忆道，"块头大的家伙有点儿麻烦，我们得用门厅十楼顶上的那个吊车，把它吊到楼上，然后在机房门口拆包装，再把它推进去，就位。还有就是特重的，比方说那个宽行打印机，死沉死沉的，怕把电梯给压坏了，也用吊车吊上去。"

"二楼是计算机和通信前置机机房，三楼是绘图仪机房。二楼机房不小，基本上把那层楼东西向的那一条走廊的南北两面都给占了。三楼机房小点儿，就占中间楼梯的西边那一块。"这位老同事补充道，"绘图仪个头特大，电梯进不去，只能用吊车吊上来。"

在此以前，姚奇文主持了二楼和三楼机房的设计工作。根据设备的重量以及楼层的承重情况，仔细规划了机房内设备的摆放位置，以及相应的电缆布局和风道设计。

"日本人他们安装都有日程安排，今天装哪几台，明天装哪台，安排得特严密。我们那时候基本上就站在一边儿打打下手，主要是日本人安装。"这位老同事介绍道，"日本工程师一人拎一个工具箱，我们瞧着挺稀罕的，咱们那时候没这玩意儿啊。结果打开来一看，卧槽，里面各种各样的钳子、扳子、改锥，还有榔头啥的，全是中国制造，made in china！"

"你别看日本鬼子住在北京饭店，整天吃高级餐，挺能吃苦的。"老同事嘴角上挂着一丝笑意，"早上八点钟准时上班，换上工作服拎着工具箱带着安装手册还有图纸啥的进机房。到了机柜边上，废话不多说，立马撅着屁股在那儿捋导线、拧螺丝。"

"要是碰到啥问题，比方说安装手册和图纸上标注的跟机柜上的对不上，日本人也急呀。撒丫子就往四楼他们办公室跑，查资料，连电梯都顾不上坐。"

"他们就那样蹲在地板上，你想想，我们现在安装设备有没有蹲在地板上的。"姚奇文陷入深深的回忆中，"他们（把通道电缆）用辫子一样排成一排，那个电缆很粗的，他们把它梳理得一排一排的，整整齐齐。一个是他们的工作精神，敬业精神，我非常佩服。二一个是他们的计划性，做事情有条不紊，一板一眼地。"

"安装工作进行得很紧凑，"姚奇文介绍道，"原来计划三天完成设备安装，结果两天半就完成了。"

令日方老板血压升高的考机

设备就位及连线的提前完成，仅仅是设备安装调试的开始。紧随其后的，是设备的加电测试和系统自测。

加电测试和系统自测都是由厂方（日立公司）技术人员

主持操作并完成的，从 5 月初一直测试到 7 月下旬。

"5—7 月份（1978 年——笔者注）是计算机系统运行试验，基本上就是运行他们（日立公司）自己带来的试验检测程序。"姚奇文回忆道，"当然就包括所有的配置，你那个磁带机多少次读写，系统间多少次文件传输，数据文件隔多少时间写一次读一次。还有打印机测试。（测试过程中）硬件故障也出过几次，有的是测试时发生的，有的是程序检测出来的，不多，但有几次。"

"他测试是为了验收嘛。验收条款中最重要的一条是：所有设备（连续运行）144 小时无故障，这是我提出来的。这个是他们（日立方）最头疼的、最害怕的。"姚奇文微笑着介绍道，"他们（日立方）当时负责的那个人叫大内，噢呦，血压都升高了。他们翻译跟我说，说大内他血压都升高了。心里紧张啊，休息不好。"

"后来我去给他说，我还是叫他大内先生。我说大内先生，你不用担心，我相信一定会通过的。其实我的意思就是你不要着急。"姚奇文补充道。

"到了 8 月初，系统运行测试全部通过了，我们就在 8 月份完成的计算机系统验收。"

"是我代表气象局在验收报告上签的字。"姚奇文最后说道。

"验收过后，日本人高兴啊，还请我们去莫斯科餐厅吃饭。那个时候我们傻呀，不知道好东西在后面。先上一些东西来，我们就放开吃，结果很快我们都吃饱了。后来上来好多好东西，我们都傻了，我们吃都已经吃饱了，吃不下了。"姚老回忆起当年的趣事，饶有兴味。

考机过程中实战培训

据 BQS 硬件组的老同事们说，虽然他们多数时间是在一旁看着日立工程师安装和测试设备，但耳朵基本上也没闲着。一些日立工程师把设备安装和运行试验过程也当成了培训中方学员的过程。时常是一边测试，一边讲解，嘴巴和手一样忙个不停，满嘴叽里咕噜的日本话。虽然现场中方翻译水平颇难达到"信达雅"的境界，但这些中方技术人员毕竟都经过了一番日语培训，加之此前整天翻阅日方搬来的各类日文技术资料，大致能明白个八九不离十。最主要的是，大家得以借此将设备里里外外看了个遍。"以后不可能再有这种机会了，"一位当年的老同事说道，"系统一旦开始正式运行，谁没事儿敢打开机柜，瞧瞧这块板子在什么地方，那块板子是干啥的，没这个机会了。"

日立工程师在培训过程中，尤其注重培养中方技术人员的现场实战能力，这一点给当年参加过设备安装和运行试验的老同事们留下深刻印象。据负责通信前置机的李毅回忆，为训练大家分析排查故障的能力，日立工程师曾数次在下午下班前潜入机房，乘人不备，偷偷将已下电的通信前置机机柜打开。拔起一块板子，在板子的某个通信插头上贴上一块胶布，使该插头与插槽间产生绝缘，然后再将板子插回插槽，从而造成模拟故障。次日上班后，中方技术人员加电开机，系统自然一连串的报错。于是这位工程师便以前置机控制台屏幕上显示的报错编号，引导大家查阅资料，分析故障的性质、范围、位置等。待大家根据蛛丝马迹分析判断，逐渐缩小范围，最终锁定这块被做了手脚的板子，并将板子拔出，撕掉贴在上面的胶布，故障的分析、排查演习方才基本告一段落了。"有时候这还不算完，"李毅继续说道，"还要记录、登记，然后拿着这个板子的编号到备件库去调备件。再把备件插回到这块板子的位置，再加电，启动正常。全部流程走一遍，这才算大功告成。"

工作例会

自 1978 年 4 月设备安装工作启动后，BQS 项目组便建立起了每周例会制度，由中日双方项目负责人及相关技术负责人参加。例会制度一直延续到 1979 年年底系统正式运行前，例会的中方主持人为姚奇文。

据姚老介绍，例会主要内容是上一周工作情况的回顾、对出现问题的分析，以及处理问题方法的介绍和评议。例会参加人员根据当前工作阶段的不同而变化，例如设备安装和计算机系统运行试验阶段的例会参加人，主要是硬件组的各设备（如通信前置机、磁盘磁带、M-160 机、绘图仪等）的具体负责人；而随后的应用软件调试阶段，参加人则主要是软件各组（如系统软件、ESP1、ESP2、BUP 等）的组长及主要骨干等；到 1979 年 8 月，通信线路陆续接入 BQS 系统后，参加人中更增加了通信队的相关负责人员。

在姚奇文老人的回忆里，这一年半多的每周例会中，给他印象最深的是一次在应用软件进入调试阶段后的例会上。日方一位负责指导中方应用软件研发的"督导"在会上指出，一些中方的软件组组长没有做组长应该做的事情，而是跑去自己编程序了。按照这位日方"督导"的意见，组长的主要职责是协调组内各组员之间的编程进度和接口，而不是亲自下场去编程。

　　"当时我还没有想那么多，所以没太在意。现在看来，是我们当时的组长，包括我自己，没有达到那个水平。为什么？你组里有很多人都在编程序，编一个大程序的各个部分，你作为组长，你应该要去协调进度、接口，你要去指导组里那些人，不能只是自己编程序。"姚奇文就此反思道，"要用现代管理的观念。可能我们当时还没有那个能力，没有想到。因为当时好多人就以为自己编出程序，这个才是水平，这个才是本事，组织协调体现不出（自己的技术）水平。其实，技术指导协调才是要有很高的水平的。"

　　"和日本人交流，客观地讲，我们是学生，他们是老师。我们实事求是地应该感谢日立公司。"姚奇文一字一顿地说道。

"150 机"以及与 BQS 项目的渊源

事实上,在 1978 年 4 月 BQS 系统设备安装之前,在二楼 BQS 系统计算机机房的西侧,另有一群人,已经在那里热火朝天地安装着另一台计算机——DJS-11,国产百万次大型计算机,亦即所谓的"150 机"。

在此,需要将时间倒回一段。

据参与者回忆,1968 年,为解决石油勘探部门大规模数据处理和科学计算的需求,促进我国石油勘探开发大发展,石油部、四机部共同设立了"150 工程",设计建造一台大型电子计算机,性能指标确定为每秒 100 万次浮点运算。1968 年下半年形成了《150 机设计任务书草案》。1969 年年初组成了由四机部 738 厂技术人员,以及石油部下属诸用户单位构成的专职设计团队,时称"150 机设计排"(当时正值"文革",很多单位实行军管,单位内部编制多按部队建制称号,如班、排、连、营等)。1969 年 10 月,国务院将"150 机"研制工作列为国家重点科研项目,并将北京大学增入研制单位中。1969 年年底,"150 机设计排"迁入北大海淀校区,并会同北大参与研制的教师群体,形成了"150 机设计连"。设计队伍规模由"排"(三十人左右)而上升至"连"(一百余人),可见北大加入的教师之多。据说这些教师多来自数力系、物理系、地球物理系和无线电电子学系，刚从"五七干校"调回不久，个个赤胆忠心，品学兼优。

1970年春，"150机设计连"整体搬到位于昌平县十三陵附近的北大昌平校区（时称"北大200号"）。设计连在军管会领导（乃"8341部队"派出干部）下，实行军事化管理。在那个"灾难深重"的年代，又身处灾难中的重灾区（北大、清华是"四人帮"及其爪牙重点把控单位，"梁效"的盘踞点；所谓"梁效"者，北大、清华"两校"也），"设计连"居然屏蔽了外界一切政治运动的干扰，将"北大200号"经营成了一片难得的"净土"。寒来暑往，历时四年，"设计连"会同北大电子仪器厂的工人师傅们一道，终于在1973年一季度研制成功了我国首台百万次小规模集成电路电子计算机，并按序列号将其定名为：DJS-11机。

这台DJS-11机旋即被官方赞誉为"无产阶级文化大革命的胜利成果"，在媒体上广为宣传报道，名震一时。首台DJS-11机早已被位于涿州的石油勘探部门购去。地质部门不甘落后，随即订购了第二台。

对于这个国产通用型百万次大型计算机，有关方面非常期待能在高端应用领域充分展示其独特的风采，尤其是大规模科学计算方面。而在当时的民用领域（现在也是如此），大规模科学计算资源需求的Top5中，石油勘探数据处理、数值天气预报业务系统必居其内。当时我国的数值天气预报模式虽然尚未形成业务，但其巨大的科学计算需求，以及如怪兽般轻易吞噬大规模科学计算资源的能力，早令有关部门心驰神往，十分盼望能在该领域一展身手。而此刻恰逢中央气象局申报BQS系统项目，其中包含引进一台通用型大型电子计算机，以用于建立我国数值天气预报业务系统的基础平台。于是，有关部门负责人在讨论 BQS 系统项目时，直截了当地提出了采用国产大型计算机（亦即 DJS-11 机）的建议——甚至是"要求"。

以邹竞蒙为主要领导、以梁孟铎等为主要执行者的中央气象局 BQS 系统项目决策层，对当时国产计算机的实际情况是有着全面深入的了解和冷静的分析判断的。他们当然愿意相信当时宣传报道中所提及的一切，也知道支持并购买国产设备的政治意义，尤其是在当时那样一个险恶的政治环境下。但他们同时也知道建立数值天气预报业务系统对于我国气象事业发展的巨大促进作用，以及作为数值预报模式基础平台的大型计算机在其中的关键地位。它的稳定性、它的可靠性、它的通用性等，无一不产生着直接的影响，容不得半点虚假和侥幸。在经过了多少次不为外人所知的内部交流和商讨之后，为了顺利推进 BQS 项目，决策层毅然决定，在不增加预算的前提下，从预算中的"计算机设备购置费用"里拨出 640 余万元，用于购买国产 DJS-11 计算机。引进方案不做重大调整，由此造成的资金缺口由气象部门自行解决。

五十余年后，笔者在中国气象局局机关档案室里查到了一份 1973 年提交的 BQS 投资估算报告。

1. 设备购置：2056 万元

（1）进口××××、××××（国外某厂家计算机型号，此略——笔者注）——1900 万元

（2）购置国产有线、无线、传真等通信设备及预报、资料、图书等业务专用设备——156 万元

2. 土建工程：544 万元

合计：2600 万元。

由此可知，当时拨出的采购 DJS-11 机的费用，足足占了进口计算机设备总预算的 1/3。其力度之大，以及 BQS 项目决策层对国产大型计算机寄予企盼之殷切，令人喟然慨叹。

1975 年一季度，中央气象局与四机部签订了购买 DJS-11 计算机的合同。

由于这是"150 机"系列生产的第三台，故又被称为"150-3 机"。在中央气象局内部则简称为"150 机"。

"150 机组"

赵西峰是 1969 年从老家山东临沂参军入伍的，在 38 军某师某团下属通信连服役。由于在部队里数年的优秀表现，1972 年部队领导经过层层遴选，将赵西峰调入当时尚属于总参管辖的中央气象局，参加中央气象局首届工农兵大学生的派送和学习。在此前后，以同样方式从其他野战部队派送过来的现役军人还有荣维枝、韩喜臣等人。

1972 年全国大学开始恢复招生，但招生方法较以前有所不同。以"名额下派，单位选拔，领导批准"为主要形态，中央气象局得到了几十个选派名额。因这一年尚处在两局合并、总参领导的局面，因此这几十个名额的分派便牵涉到了军队和地方两个内部单位之间的均衡问题。最终的分派比例大抵是 1：1，即，总参选派的青年军人占名额的一半，另一半则由原中央气象局在青年职工中进行选拔。于是，赵西峰、荣维枝、韩喜臣等作为军队系列（总参气象局）选派的学员，王春虎、高华云、李昌明、洪文董等作为地方系列（原中央气象局）选派的学员，携手走进了大学校园。只是赵西峰等总参选派的学员在校园中依然身着军装，领章帽徽俱全——现役军人嘛。

这批首届"工农兵学员"就读的大学各有不同。有南京气象学院、西安交通大学、成都气象学院，也有南京邮电学院，赵西峰就读的是北京邮电学院。既然伟大领袖明确指示"学制要缩短"，当时的教育部也就只能咬着牙把原本四年的学制压缩成三年。实在不能再压缩了，要学的东西实在太多，怎么精简也精简不过来。三年已经不够用了，再压缩就不能算作大学了。

三年的时间很快过去，1975 年赵西峰、王春虎等迎来了"毕业季"。本着当时"工农兵学员"的毕业分配原则——"社来社去，厂来厂去，哪儿来哪儿去"，赵西峰、荣维枝等军人学员应当回到原所在野战部队，为人民军队建设贡献力量。然而，毕竟当年入校时所用名额来自"中央气象局"（虽然是"两局合并"下的中央气象局），因此赵、荣等军人学员毕业后首先应当回到局里。而当时局 BQS 项目已经上马，作为国内第一个大型信息系统引进建设项目，BQS 系统下的各部门都亟需技术骨干和年轻生力军。面对这些新鲜出炉、冒着腾腾热气的大学生们，"爱才如命"、雁过拔毛的局领导岂肯轻易撒手。于是，经过"两局"高层的几番"博弈"，最终决定，赵西峰、荣维枝这批军人学员脱下军装集体转业，留在局里参加 BQS 项目建设。

新来的这批大学生除少数分到研究所（即后来的中国气象科学研究院）、701 工程处（即后来的国家卫星气象中心）外，大部分分到了局 BQS 工程管理处。工程处很快便将这批新大学生分成了"国外组""国内组"两部分。"国外组"负责参与 BQS 项目里国外引进方面的技术交流等工作，成员有王春虎、李昌明等；国内组则负责承担对那台"150 机"的运行维护管理工作，成员有赵西峰、荣维枝、高华云、洪文董等。很快地，"国内组"又更名为"150 机组"。

鉴于中央气象局已与四机部签订了购买"150 机"的合同，"150-3"机已在北京大学开工生产，相应的技术培训成为了当务之急。于是，不久后的 1975 年 8 月，"150 机组"全体成员便被局工程管理处送到北京大学昌平校区——即所谓的"北大 200 号"。

"北大 200 号"

北京大学昌平校区设立的"初心"是为解决海淀校区周边扩容能力有限、无法适应教学发展和建设的需求等问题。项目于 1959 年立项并获批，工程代号为"60-200"，意喻 1960 年的第 200 号工程。后皆将昌平校区简称为"北大 200 号"，北大校内则干脆更简称其为"200 号"。

然真所谓"命骞时乖"，新校区刚上马便遭遇"三年灾害"，国家大规模压缩基础建设投资。到 1963 年，新校区建成的使用面积不到原规划的 1/5。为尽快发挥新校区的作用，当年校方便将几个理工科系率先迁入。然而没过两三年，"文革"爆发，一切的一切都乱作一团，"北大 200 号"的建设和管理自然也不在话下。

城里抓革命，郊外促生产，"文革"中北大海淀校区被"四人帮"及其爪牙折腾得不亦乐乎，身处郊区的"北大 200号"却如世外桃源。避入其中的"150 机设计连"关起门来埋头搞研发，并"经过短短三年的努力"，奇迹般地生产出了我国首台百万次大型计算机——DJS-11。待 1975 年赵西峰所属"150 机组"来到"北大 200 号"时，原迁入的几个理工科系因各种原因大部迁出。剩下的计算机系和北大电子仪器厂正在一边上课，一边"撸起袖子加油干"，生产"150机组"即将接手的那台"150-3机"。于是，赵西峰他们放下铺盖卷，便一头扎进教室，与学生们一道听起计算机的相关课程来。

"我们都是改行的，像我还不错。我们几个北邮的、南邮的，好歹都是学通信的，跟计算机挨点儿边；像洪文董，中专学的是气象，后来他大学学的是机械，这就比较吃力了。其实大家都一样，都得重新学习。好几个人大学是学气象的，像那个×××，你应该认识，他是南气院学气象的，但现在要你负责计算机了，你就得从头开始学。我们等于又重新在那儿学起计算机基础课来了。

"课挺多的，听不过来。我们组里都有分工。当时分了主机组，又叫运控组，然后还有内存组，还有外存组，还有一个外部设备组。四个组，每个组都差不多八九个人，然后就在那儿分工学。主机组的重点听主机方面的，内存组的重点听内存方面的。当然，基础课都是一样的，大家一起听。

"他们工厂生产的时候，我们还跟着一块儿实习，一块儿测试插件，一块儿查线。他一个机柜生产完了以后，要查这个机柜里的连线通不通，他叫'捅铃'，按照它那个图纸一条线一条线地查。用的那个查线的仪器有点儿像那会儿的万用表，有两个'触笔'。你查线的时候，比如 a11、b11 两个点有连线，你要看看这两点之间的连线通不通。你就拿那两个触笔，先按照图纸找到 a11 这个点，一个笔这边 a11 这个点按住，再看图纸，在机柜里找 b11 那个点。哦，在那儿呐，然后用另一个触笔捅 b11 那个点。只要连线是通的，他喇叭就'呗儿'地一响，这说明就通了。要不响的话，线就是不通的。它那个图纸就是机柜连线图，上面全是字母。

……

"先说它那个主机，当时咱们主机采用的是国内最新的组件，电子数字集成电路。一个模块像指甲盖那么大，里边的晶体管数量不多，它就是个门电路、与非门；你也知道，其实计算机的运算器整个是用与非门搭起来的，包括寄存器也是。所以它那些运算器的板子，上面密密麻麻全是一个个指甲盖大的集成电路模块。你要测它这块板子好不好，你就得一个与非门一个与非门地查。与非门怎么查？你得看它那个腿儿（插脚）插上以后亮不亮。这得上测试台上测了，在测试台上把要检测的插件板插上去，看看灯亮不亮。

"咱们当时电子线路的集成度低呀，像他这样一个运算器控制器，就得要四台柜子，这么大这么高（赵西峰用手比划着）。

……

"再说内存。内存柜子也多，柜子也多，你知道为什么吗？它不是叫存储吗，它存储介质用的是磁芯。我不知道你见过没见过，小磁环，很小，然后用一根细导线从磁环中间穿过去，都是人工穿的。你想想，都是用人工穿的，它的容量还能有多少？总共这一个柜子好像是32K，32K。

"因为它用的是磁环，所以有时候它的抗干扰能力很差，老出错，动不动就磁性反转了，就冒错了。

"你看，它一共四个柜子，一个柜子32K，四个柜子，32K×4才多少？13万字。但是当时这点儿容量已经很大了。

……

"然后就是外存了。外存本来配的应当是磁带和磁鼓，结果磁鼓没配。他配的是磁带机，内蒙古呼和浩特电子设备厂的，都是四机部的工厂，我们专门到那儿去采购的零部件。一盘磁带都是那么大小，但是和日本的一比，差远了。他每秒两米，人家的磁带机每秒 5.8 米。

"最要命的是它一台磁带机上记的磁带，到另一台磁带机上就可能读不出来，磁头位置不准。

……

"最后还有外部设备。外部设备里有宽行打印机，南京无线电厂生产的，那个质量还不错的，行宽是 160 个字符，我们配了 4 台。

"还配了纸带光电输入机，还有纸带凿孔机，这个以前通信大队就有，叫凿孔机。报文传完了，纸带就凿出来了。过去交换个数据、资料啥的，就用这个纸带来交换——当然，到后来都用磁带交换了。

"当时'150 机'好像没配读卡机，这个读卡机的输入比较快，比纸带快。"

……

就这样，一天接着一天，一周接着一周，一个月接着一个月，"150 机组"在"北大 200 号"的教室里上课，在车间里跟着师傅们测试。吃饭的时间到食堂里打饭，夜里 10 点左右熄灯睡觉，生活得十分规律——也十分单调。

每周六的下午 4 点左右，BQS 工程管理处会派一辆敞篷卡车来到"北大 200 号"，将那些准备回城过周末的学员们拉到气象局大院下车，各回各家。这些学员多数要么是家在北京，要么是正在谈恋爱，周末约着和对象见面。周日下午 4 点左右回城的学员再返回到气象局大院上车地点，由这辆敞篷卡车再拉回到"北大 200 号"。敞篷卡车"夏热冬寒"，虽然比较艰苦，但毕竟是"专车"，总比拎着行李跑上两三里地去赶乘郊区长途车回城要便捷得多，在当时已经算条件很不错了。那时候虽然没有高速路、快速路，但路上的车辆不多，敞篷卡车从

"北大200号"一路开回到气象局大院，也就一个多小时的时间。

寒来暑往，春去秋来，转眼到了1976年年底，"150机组"在"北大200号"里已经待了将近一年半时间。"150-3机"终于生产组装完成，进入到整机测试阶段。

据当年机组成员介绍，用现在的眼光看，"150-3机"的整机测试方法并不很严格，需要达到的测试标准也不算高——只要求加电后连续正常运行24小时。然而，就是这个现在看起来十分简单平常的测试要求，"150-3机"居然连续两次测试都没能通过。学员对此并不着急，测不过就继续测呗，反正我们的大楼（北京气象中心大楼）现在还没盖好，这台计算机就算出了厂我们也没地方搁。

"北大200号"方面可不这么想。他们急得火烧火燎，因为要赶紧腾出厂房车间来生产下一台DJS-11机，即"150-4机"，买主是汉江油田，合同都已经签了。那时虽然还没有"违约罚金"这种说法，但若因此而导致延期交货，耽误了买方的工作，传出去毕竟不好听。

所以，为了尽早腾出厂房，"150-3机"首先必须在规定时间内"通过测试"。

因为"必须通过测试"，所以它就"通过了测试"。1976年底的某个周日傍晚，当回城过周末的学员返回到"北大200号"时（也是凑巧，这个周末绝大部分机组成员都回了城），学校一个负责人满面春风地告诉学员们，就在刚才，"150-3机"终于顺利通过了测试。

刚爬下敞篷卡车的众学员一个个面面相觑。哦？是吗？原来如此？原来如此！

既然机器已经生产出来了，而且也"通过了测试"，那么接下来买家将机器提走便是顺理成章的事情了。"北大 200 号"方面一改好客的热情，明里暗里地要求中央气象局尽快把这台"150-3 机"运走，因为他们还有新的更重要的任务需要完成。有关方面并继而宣布，"150 机组"的学员们已完成培训计划，"可以离校了"。

众学员离校很简单，卷起铺盖卷，爬上卡车，便可扬长而去。问题是当时的北京气象中心大楼刚刚封顶，内部装修还需要一年左右的时间，这个节骨眼儿上把"150-3 机"硬塞过来，没有场地往哪里放呀？总不能随便找个地方胡乱一塞吧？这可是花了 640 多万买的设备呀，整个北京气象中心大楼也没这么贵（预算 544 万元）。BQS 工程管理处实在无法马上接收这套金贵得不得了的"150-3 机"，于是这台"组装完毕并通过测试"的国产百万次通用型计算机便一直滞留在"北大 200 号"的车间厂房里。

"150 机"的辗转流离

天无绝人之路，正在一筹莫展之际，那边儿传来了北京展览馆正在筹办电子部科技成果展的消息，"150-3 机"被主办方点名作为耀眼的明星在那里展出。"北大 200 号"领导连忙安排着将这台宝贝疙瘩搬运到北展的展厅里，并安排几位北大老师日夜贴身伺候，生怕出现闪失——那可是货真价实的真计算机呀，不是摆摆样子的模型。当然，"150 机组"也派人参与了展览会现场的运维值班。

自打"150-3 机"送去参展后，"150 机组"英雄无用武之地，终日在局里看书学习或兼做其他。而此时的"国外组"正处在培训、讲课、实习中，忙得热火朝天。两部分人马一静一动，形成了鲜明对比。1977年春节前，工程管理处决定，派遣部分"150机组"人员下放到位于河北固城的中央气象局"五七干校"劳动锻炼。于是，春节刚过，赵西峰等16人再次打起铺盖卷，搬到了固城干校。有的下大田，有的做起了火头军，有的搞后勤，在固城这片广阔天地里"大有作为"起来。

用现在年轻人的调侃语言，"150-3机"真有些"点儿背"。1977年下半年，北展的电子部科技成果展结束，展馆方面要腾出地方来筹办1978年全国科技成果展。曾在展会上出尽风头的"150-3机"曲终人散，需要给新的展会让出地方来。而此时的北京气象中心大楼仍未完工，机房环境尚未建立，"150-3机"再次面临"无家可归"的窘境。展馆方面可没有"北大200号"那样的好脾气，他们一个劲儿地催促气象局赶紧将其领回。万般无奈下，工程处将"150机组"全体人员调集，接手这台"命途多舛"的计算机。于是，1977年11月，在河北固城干校待了将近十个月的"150机组"下放成员奉召返回气象局大院，与其他成员一道恢复"150机组"建制，并开始正式执行任务。其首要任务，便是立刻将这台"点儿背"计算机接回家来。

"150机组"不含糊，号令之下，大家齐心协力，将一度成为明星展品的"150-3机"重新打包装箱，然后调来了叉车、吊车和卡车，干脆利索地运回了气象局大院。鉴于这台"150机"的昂贵程度，一般的库房"150机组"根本看不上眼。最终他们选中了位于"南楼"（现南区19号楼）北侧的局机关会议厅作为存放的临时库房。于是，不管机关办公室人员如何喋喋不休地表达不满，在一番卸车、上台阶、齐声吆喝着前拽后推的搬运后，整个会议厅被几十个包装箱塞得满满当当，"150-3 机"终于有了暂时的栖身之地。

与此同时，为安全起见，"150 机组"安排全员值班，一日三班倒，7×24 小时不间断地看护着这台国产大型计算机。直到 1978 年 2 月底，北京气象中心大楼内部装修基本完成，"150-3 机"终于可以搬进属于它自己的机房了。1978 年 3 月初，工程管理处梁孟铎召集"150 机组"全员会议，为保证 BQS 项目设备的有序安装，设计位置位于二楼机房最西端（也是距楼层电梯最远端）的"150-3 机"机房需要率先安装，并要求 3 月下旬前必须安装就位。

不顾大楼前的道路尚未铺就，到处是暄土和建筑垃圾，不顾大楼里油漆和石灰的气味尚未散尽，"150 机组"已经迫不及待了。他们迫不及待地要将这台颠沛流离、困顿坎坷的宝贝疙瘩运到二楼机房它那个温暖的家，小心翼翼地、一个机柜接一个机柜地将它安装起来——不能再折腾了，也绝不再折腾了。

这就是为什么"150-3 机"的安装要早于 BQS 系统引进设备的由来。

筑建（上） 12

计算机组的构成

前文曾提及，为保证 BQS 项目建设的顺利实施，1975 年中央气象局专门成立了 BQS 项目工程管理处，下设三个一级组：土建组、通信工程组和计算机组。根据专业工作需要，计算机组计划成立三个下设二级专业组，分别是系统组、硬件组和软件组。其中：

系统组，负责系统设计、系统硬软件协调、应用软件开发协调、工程进度管理、系统综合测试验收等工作。

硬件组，负责计算机硬件的培训、安装、调试和运行维护。

软件组，负责系统软件和应用软件的培训、软件开发和运行维护。

三个组中，由于系统组在项目建设过程中的特殊地位，1976 年 9 月下旬中央气象局与日立公司商务合同甫一签订，该组便率先成立。并按照商定的方案，旋即登机赴日，与日立公司相关部门和人员商讨 BQS 系统的总体框架和功能。1977 年初系统组回国后，继续与来华的日方技术代表进行周详的技术商讨，并着手编写 BQS 总体功能规格书、数据规格书等纲领性技术文档。当时的系统组成员有：吴贤纬、杨卯辰、王春虎等。纪才汉等人在此后陆续调入。

1976 年第四季度，赴广州工学院参加计算机短训班的 50 名高中生（含数名初中生）结业返回局内，在北京气象学校校址内继续接受气象基础知识以及气象报文编、解码方面的知识和技术培训。1977 年第四季度，年初分批赴日参加 BQS 计算机软件/硬件培训的人员（赵振纪、徐家奇、张希白、姚奇文、李昌明等）学成并陆续返回。经过一段时间的环境和人员方面的熟悉，1977 年年底，硬件组和软件组分别正式成立。其中，

硬件组负责人：姚奇文、蔡道法等。

软件组负责人：赵振纪、杨卯辰、徐家奇、应显勋、王品成等。

根据工作内容的不同，软件组又下分成系统软件组和应用软件组两个三级组。其中，

系统软件组负责系统管理、通信管理、资源管理、运行控制等任务，具体包括操作系统（vos2）、专用通信控制程序（SCP）、资源管理程序（RMS）、系统运行管理程序（SOP）的定制化开发和维护。这部分工作主要由日方负责定制开发，我方派人跟进。杨卯辰为组长，组员有张希白、徐甲同（借调）。根据需要，在 1977 年年初赴日参加技术培训之初，系统软件组便已先期组成。

应用软件组负责气象通信线路上所传气象报文的接收、识别、转发、编辑处理、数据存储、填图绘图等任务，负责人为赵振纪。

根据对工作对象及内容的进一步归类划分，1978 年年初，应用软件组又下分为四个"四级组"，分别是：

编辑转发程序 1 组（ESP1）。从通信端口接收气象报文、

存储报文，并根据指令向指定通信端口发送（转发）指定的报文。负责人，徐家奇。

编辑转发程序2组（ESP2）。对已接收的气象报文进行识别、编辑、常规纠错、入库。负责人，王品成。

批量用户程序组（BUP）。完成所有系统及应用所需数据文件的文件结构设计，并在M-160机所配磁盘文件上予以物理实现。负责人，应显勋。

自动填图程序组。将经过ESP1、ESP2依次处理后的全球及东亚区域天气实况气象要素通过气象绘图软件，在大幅面绘图仪上绘制成相应的天气图。负责人，杨梅玉。

按照一位当年参与过BQS项目应用软件研发的老同事的分析，应用软件这四个小组的地位和作用分别为：

ESP1组是关键。因为收不到通信线路上的气象报文，或不能转发报文，整个BQS系统便形同残废。

ESP2组是核心。因为收到的气象报文无法直接使用，必须经过识别、归类、规整、纠错、解码并提取要素值、相关要素值入库等一系列处理，方可被使用。

BUP组是基础。因为各软件组（包括系统软件组）的所有操作无一不是在与数据及数据文件打交道，因此它们的规整、规范，直接关系到整个系统研发过程的有序和高效，以及业务流程的规范有序。

自动填图组是成果展示。因为当时我国的数值天气预报模式尚未业务化，BQS系统带给中央气象局天气预报业务最直接的贡献，就是全球及各个区域天气实况的可视化展示：数十种天气图的绘制。

由于年代久远以及文字档案的缺失，笔者走访的几位当年参加应用软件编制的老同事们，谁都无法准确记得究竟是哪一天正式开始的编制工作。只大致记得某日领导召集开会，在会上宣布了成立各小组的决定，以及各小组的负责人和成员名单，各组便就此开始了各自的工作。其实在此以前，赴日培训的新老大学生以及赴广州工学院培训的五十名高中生，其各自的分工——如谁主要负责通信前置机，谁主要负责磁盘磁带，谁主要负责气象报文的解译，谁主要负责自动填图编程等——都已大致明确了。

"绘图软件全是用 Fortran 编的"

按照当事人的记忆，日立方面虽然提供了六台大幅面 X-Y 绘图仪，但这些绘图仪并非完全产自日本，部分设备是从第三国进口并经过组装后转卖给中央气象局的。绘图仪底座都是生铁的，死沉死沉，每台绘图仪边上配一台美国 "NOWA 控制机"，上边贴的 NOWA 标志清清楚楚。控制机负责控制这台绘图仪各种动作，形状像一台当时通信大队里常用的电传打印机，配有自用的键盘。绘图仪靠真空泵将填图用的底图紧紧吸在面板上，并靠高压气泵使绘图笔和底图之间产生一个气膜，使绘图笔悬浮在底图之上。绘图驱动程序驱动着绘图笔在底图上方快速滑走，在指定的位置上填写各种气象符号和文字，并按指令在底图上画出各种等值线、流场、矢量场，以及锋线和槽/脊线。

客观地说，日立公司所提供的这几台美国 NOWA 绘图仪，其设备工艺质量是相当先进的。但是软件的配置却又是相当简单的——甚至可以说基本没有配置相应的工具软件。只提供了基本的绘图笔驱动功能，简单地说就是大致只有在指定两点位置间绘制直线的功能。其他所有与气象天气图有关的功能一概没有，更不用说提供后来气象界普遍使用的 NCAR 绘图软件包，以及诸如 GrADS、Vis5D 等专业气象绘图软件了。

这意味着，自动填图组若想利用这几台绘图仪填/绘出实况天气图来，就必须从最基本、最基础甚至最原始的工作做起——包括编写英文字母、天气图常用中文以及阿拉伯数字的绘制功能。其他气象绘图专用功能，更是一个也少不了。

"我们只能一步一步来呀，"作为当年自动填图组组长的杨梅玉老太太在电话里乐呵呵地说道。中气十足，丝毫听不出几十年沧桑岁月留下的痕迹，"我们编了好多好多子程序，写字母的，画符号的，写中文字的，当然还有画等值线的，画矢量场的，都是用 Fortran（语言）编的。"

"然后，每一种天气图我们编一个主控程序（也是用 Fortran 编的）。它主要是用来控制，在哪个位置上画什么。比方在哪些站的位置上填这些站的观测要素啦、天气符号啦，再然后怎么画等值线啦，怎么画锋线啦，怎么画低压槽高压脊啦，它都是调用那些已经编好的功能子程序。

"等值线我们得自己算，这里还得用到曲面拟合、三角曲面拟合什么的。这些你（指笔者，笔者大学所学专业是计算数学）应该清楚，都得自己编。流场、矢量场，都得自己编，用 Fortran。

"编那些常用汉字特别费劲儿，哎呀，费的力气特别多，你得一个笔画一个笔画的……哎呀不说了，反正特别费劲儿。所以后来北大那个王选，我们都觉得他特别不容易。

"反正不管怎么说，要我们画的天气图后来都画出来了。以前都是绘图员画的，都是手工在上面填数字儿画流线什么的，现在都改成绘图仪画了，绘图仪在上面写字了。中央气象台那些预报员他们也都认可，天天都在用，晚送过去一会儿他们就打电话来催。"

"业务运行以后，这边没什么事儿了，后来我就回气科院了。"杨梅玉老师最后补充道。

据当年硬件组负责维护绘图仪的老同事回忆，BQS系统业务运行后，六台绘图仪被分成了两组。一组三台，每周交替使用，轮替下来后维护人员就对其进行维修保养，使每台都一直处于最佳状态。直到BQS系统退役，从未发生过影响到预报业务的故障。

最忙的是 ESP2 组

为自动填图组提供数据者，乃ESP2组也。

从ESP2组所应完成的任务——几十种气象报文的识别、规整、纠错、解码及要素提取等可以看出，该组的工作量委实不小。而报文中错报种类的千奇百怪，又使得该组的设计和编码工作量成倍增加。

据笔者的一位搞了一辈子气象通信工作的老同事李春来介绍，上世纪九十年代以前，国内、国际气象报报文之所以出错率甚高，一个重要原因，是当时的报文拍发方式造成的。

在这个时期，国内气象报的拍发都是由报务员人工拍发的。由于纸带是当时气象资料的交换、存档和发报所用的主要介质（当然还有卡片），所以报务员发报前都要先将报文通过纸带穿孔机穿制成纸带，然后再将纸带通过光电机发送出去。气象报文发送的实时性要求甚严，当时要求报务员敲击键盘的平均速度要达到300击/分钟以上，低于280击/分钟者不能上岗。如此之高的敲键速度下，报务员的十指难免用力不均，继而导致纸带上出现某些字符穿孔不完整。光电机在传输时读码错误，继而造成所传报文中发生字符错误的情况。此外，高速敲键过程中空格键的错位（经常发生）也很容易造成原本五码一组的气象报文中出现"四六码"（相邻两组电码，一组四个数字，一组六个数字）或"三七码"（一组三码，一组七码）的错报现象。尽管有关单位为此设立了报文纸带查验环节，但类似的错报现象一直难以杜绝。

此外，当时所采用的通过国内长途电话信道的模拟信号异步传输方式，也使得报文因线路质量问题而出现无法完全避免的错报现象，甚至出现乱码和错码。

于是，ESP2 组在成立之初，便聘请了几位经验丰富而又年富力强，业务、思想"双过硬"的技术骨干来本组作为兼职的技术指导。由于本组成员大部分是那"五十名高中生"，入局时间不长，实践经验不足，技术指导们不仅专门授课，为他们讲解报文的结构以及识别、解码的方法，而且对于错报的种类和识别，以及错报的纠错等，也有自己的一套颇为行之有效的方法。这些方法后来都汇入相关的功能规格书中。

有过码农经历的人都有体会，编码过程中最为有效的方法是适当的、有效的程序检验。这样可以少走很多弯路，提高编码效率，现在风靡业界的 DevOps 实际上就含有这种思路。然而，偏偏在 ESP2 组成立之初，别说试验所用的计算机没有到位，就连北京气象中心大楼都还没有内部装修完毕。全组人员不得不寄居在"文革"中被撤销、现在尚未复校的北京气象学校的办公楼内，按照日本人制定的方法，功能规格书、结构框图、模块分解、模块流程图、接口规范等，一步一步地做着文字工作。成天趴在办公桌上又是写又是画，不时还要开会讨论。待到文字工作大体完成，这才按照模块流程图开始编起码来。

　　日立公司按照中方的要求，派出了几名软件工程师，分派在几个软件专业组内，作为"技术督导"，指导所有的技术工作。在ESP2组借居北气校办公楼的这段时间里，因当地环境比较简陋，没有给日本督导就近设立办公室，于是督导只能在下榻的北京饭店坐镇，遥控本组的编码进程。每隔几天，ESP2组便将编码的程序（写在纸上）以及相关的文字材料（如流程图等）派人送到北京饭店。日本督导连夜检查，次日将编程人员召到饭店，瞪着布满血丝的双眼、强忍着瞌睡（头一晚熬夜看文档所致），当场指出昨晚查出的程序中的问题。一二三四五，清清楚楚明明白白，编码人员听得心服口服。然后拿回去修改，再提交，再修改，直至日本督导认为差不多了，这才将这些码农们一笔一画写在纸上的程序托人带回日本国内，由日立公司的专业人员将其穿成卡片，输入公司里的计算机进行实操检验，并将结果再托人带回北京。检验通过者自然欢天喜地，未通过者则不免垂头丧气，悻悻然拿过检验结果来继续查找问题，修改程序。

　　这样的编码（检验）方法实在效率不高，可在当时也实属无奈之举。好在转过年来的1978年一季度，北京气象中心大楼内部装修终于基本完成，系统组、硬件组和软件组（尤其是应用软件组）迫不及待地搬进了大楼。经过一番热火朝天的"开荒"劳动，各自在四楼安置了相应的办公室。为了日后工作的方便，工程处特意在四楼给日立工程师们设立了宽敞明亮的办公室，并按照当时高规格标准进行装修。大家一齐动手，非但在地面刷了地胶，而且添置了当时较高规格的办公设备，并在办公室旁边安置了茶水间，配备人员兼职为日立工程师沏茶倒水。于是，这些日本人不久便从坐镇北京饭店改为每日衣冠楚楚、一本正经地到中央气象局上班，风雨无阻。

与此同时，工程处领导对手下的众多爱将也颇关爱有加。"那时候老梁（梁孟铎）对我们可照顾了。一会儿每人给配一个一头沉（办公桌），一会儿每人又配一个台灯，还有玻璃板暖壶茶杯转笔刀啥的。上下午工休时间还轰我们下楼做广播体操。"一位当年参加编码的小姑娘、如今的退休老同事饶有兴味地回忆道。

当然，日立工程师为了与中方编码人员增进融洽关系，也做了些许努力。据这位老同事回忆，当时他们的所有文字和编码工作都是用铅笔在纸上完成的，时常需要削铅笔。那时的铅笔、转笔刀质量不高，笔芯时常削断。这些小事儿被日立工程师看在眼里，于是借着回国机会，从日本带来一大包自动铅笔和笔芯，给在座的每个人挨个分发。"那时候国内没这玩意儿啊，看着挺稀罕的，不用削铅笔，按一按笔芯就出来了，所以印象挺深的。"这位老同事回忆道。

ESP2 组所编程序是用来处理气象报文的，因此在检验程序时，被处理的对象——气象报文的准备，就显得十分重要。不单要准备出各类报文的标准格式数据，更要准备出那些经常出现的错报的报文数据，用以检验码农们所编的纠错程序能否正确纠错。为此还专门成立了临时的数据准备组，调入几位通信大队有经验的老报务员，为编码人员准备检验数据。

1978 年第三季度末，从日立引进的各台计算机及相关配套设备陆续安装就位，并加电联机试运行正常。几个应用软件专业组（尤其是 ESP2 组）的编码进度明显加快——毕竟试验的环境由远在千里之外的日本神奈川改在了身边（同一楼内）的机房，减少了最为耗时的中间流转环节。项目组为此专门配备了三名专职"穿卡员"（十几岁的初中生小姑娘），为所有"码农"将写在白纸上的程序穿制成可供直接上机试验所用的卡片。这些经过专职训练的小姑娘穿起卡片来指法轻盈而迅捷，一般码农需要半个多小时才能穿完的程序，小姑娘们3、5分钟就轻松搞定了。

真正令那些急于验证自己所编程序是否正确的码农们头疼不已的不是穿卡片，而是光电读卡机。因为引进的这三台大型计算机（M-160机、M-170机）所配的都不是当时刚刚问世的分时操作系统，而是较为传统的"批处理"操作系统。计算机资源独占，同一时间里只能运行一套程序。你的程序在机器里面转着没结束，我的程序就灌不进去，只能在外面等着；你一直在里面转，我就只能一直在外面等。盖缘于此，当时每台M-160机只配了两台光电读卡机（配多了没用）。

当年上过机的"老人"们都有印象，"批处理"计算机如果管理不到位，便会出现有时候几个用户扎堆儿上机、有时候又空荡荡没人上机的现象。此时对刚开始启用的M-160机也是这样。不时有一个（甚至几个）年轻码农手里拎着沉甸甸的一摞卡片，在机房外眼巴巴地等着里面上一位试算的伙计赶紧出来，一脸的无奈，性急的小伙子偶尔还要骂上几句。为缓解这类"新矛盾新问题"，平复诸位码农的急躁心情，领导们很快对此做出决定：上机排班。于是，上机测试的排班从清晨排到了深夜，从周一排到了周日。诸码农们你来我往，互不妨碍，皆大欢喜。有时在机房门口相遇时还会互相笑骂或问候一下。

单纯也罢，热情也罢，情怀也罢，所有的参与者都在积极、认真、忘我地工作。这栋突兀矗立于白石桥畔的办公大楼终日忙碌着，夜晚更是灯火通明。在局大门前这条明灭着昏暗路灯、两旁一片漆黑的马路（现在的中关村南大街）的映衬下，尤其显得耀眼夺目。连素以勤勉吃苦著称的日本工程师都为之感动，赞叹不已。

"那时候日本人说的，门口这条街（现中关村南大街），整个一条街都是黑乎乎的，就这个楼灯火通明。没加班费，没夜餐费。一干干到十点多，有的还得干到十一点。基本上像我，我们几个在上面，有事没事的也得待到十点多。自己的工作完了，有时候也互相帮忙，互相查。"ESP2 组成员董庆回忆着当年的岁月，思绪万千。

BUP 组与众不同

应显勋率领的 BUP 组有一定的特殊性。

与其他各组可以关起门来搞设计、搞编程的情形有所不同，BUP 组需要频繁地与其他各组（如 ESP2 组等）以及系统软件组，甚至更上一层的系统组打交道，开会讨论。因为该组的实际职责，是为应用软件所涉及的所有公用（一个以上用户使用）数据文件设计规范的文件格式，并在计算机上予以物理实现。因此，该组必须全面深入地了解其他各组对所用数据文件的各种需求。这里的数据文件不止包括通信系统接收到的各类气象情报数据（含气象报文以及气象预报模式产品等），而且包括 BQS 系统运行时所产生的一系列工作数据文件——如 CheckPoint 数据文件等。BUP 组必须完全了解所有这些数据文件的全部内容和结构，以及文件内部每一项要素的数据特征和取值范围，当然也包括使用特征。

搞清楚上述内容虽然工作量巨大，但还不是最难的，最难的是如何将这些数据文件予以真正的物理实现，尤其是满足各种即便现在看来都有些苛刻的使用需求。须知当时计算机的运算速度和磁盘的读写速率较之现在的设备，简直低得不堪忍受。在这种环境下，作为国内第一批规划并具体使用磁盘的"吃螃蟹"者，BUP组自身此前没有任何实际使用经验，在国内也找不到任何可提供参考意见和建议的单位或个人。

那时计算机操作系统虽已问世数年，但型号五花八门，功能彼此间亦颇有差异。磁盘作为计算机外设也已出现，但相关的空间管理（如文件系统等）尚未形成标准，甚至尚未真正在业界普及。BUP组当时要想在M-160机所配磁盘上建立各种文件，就必须从磁盘空间的物理地址开始，对磁盘的物理空间进行合理有序的使用规划，并予以具体实现。

这些现在来看理应是操作系统所配的功能，应显勋所率领的BUP组究竟是怎么一步一步完成的，现在已很难探知了。随着应老近年来罹患阿尔兹海默症，失智现象日益明显，当年这些繁复艰苦工作的细节恐怕已永远地消散在岁月的烟云之中。

笔者走访过一位当年BUP组的成员，作为硕果仅存者，这位老同事对当年工作的记忆已十分模糊。仅记得当时最初有一个为时不短的与其他各组讨论各种数据文件的内容、格式和使用方式的阶段，然后是跟系统组一起写数据文件规格书，接着是一段长长的编码时间，在磁盘上陆续生成出几十种数据文件；然后便是一遍一遍地检查和调试，动不动就从宽行打印机上"DUMP"出一大摞打印纸出来；然后便是趴在办公桌上分析这些打印出来的内容，从哪个物理地址上应当存入的是哪个数据开始，一个地址一个地址地查。

"那些物理地址都是十六进制的，你首先得换算成你所要查的地址才行。"这位老同事习惯性地向一边仰着头回忆道，"找到地址后，里面的数据如果是字符型数据，那还好办，一眼就认出来了；可要是浮点数，那可就惨了，你还得反算出来这个浮点数是不是应该存入的那个浮点数来，特别麻烦。有时候算了半天，咦，怎么不对呀，再仔细一查，嗨，错了半个字节。"

从后来的结果看，应显勋所率 BUP 组成功完成了所有数据文件的规范化设计和具体物理实现，并从中总结出一套行之有效的、当时业界尚未问世的、类似后来关系型数据库的数据文件管理技术和方法。这让 BQS 系统业务运行后从未因数据文件的相关问题而发生故障，或出现读写效率问题。

此后不久，在徐家奇、张希白等人打通了 M-160 机和 M-170 机之间的数据通信通道的前后，利用 BUP 组工作所得的相关经验，并参照了欧洲中期天气预报中心（ECMWF）的具体方案，应显勋率领麾下一彪人马，在 M-170 机上建立起了气象部门有史以来第一个真正意义上的实时气象资料数据库。数据库可供中央气象台、数值天气预报模式以及北京气象中心内部业务使用，并适度对局所属单位内部开放。

位当核心的 ESP1

在应用软件组下属的四个专业小组中，ESP1 组与自动填图组有某些相似，他们都对实际运行环境有急切的需求。所不同者，ESP1 组需要的环境是通信系统，自动填图组则是绘图仪，仅此而已。缺少了自己的实际运行环境，他们几乎无所事事。所以在新大楼尚未启用、计算组尚借居在北气校校址里办公时，别的组不时被坐镇北京饭店的"督导"（日立工程师）叫过去研讨设计方案，ESP1 组却稳稳待在自己的办公室里，哪儿也不去。转年到了 1978 年二季度，新大楼启封，计算机组全员搬入新大楼四层。硬件组在姚奇文、蔡道法等的率领下，热火朝天地安装刚引进的几台计算机及相关配套设备，应用软件组里其他各组也早已开始了各自的编码工作。即便此时，ESP1 组依然静静地坐在原地，纹丝不动。

"那时候别的组早就开始编程序了，有的组都编了几个月了。"一位当年在 ESP1 组里工作过的老同事回忆道，"我瞧着都挺着急的。老徐（徐家奇，ESP1 组组长）他就不动。他这人不大爱说话，就整天趴在办公桌上对着那个功能结构图，还有那个流程图在那儿琢磨，然后拿枝红蓝笔在上面画来画去。"

"后来才知道，老徐把整个程序全部都优化好了。他划出了好多公用的功能模块，这样大家分头编程序时就用不着自己重复着编了，省了好多力气。大家伙儿各自编自己分工的程序模块，试个一两次基本上也就都过了。然后，慢慢一个一个合在一起，试了几次，也就全都过了。好像没费多少力气，挺快的，真的，特别快。

"刚开始调程序，因为是模拟的气象电报嘛，所以必须得事先做成报条，像电报、5 码一组的那种报条，然后把报条通过光电机传过来。当时他们通信队里有几个老的，经验特丰富。我现在还记得其中有一个（外号）叫麻杆儿，他们就给我们打卡、打报。然后我们需要什么报，要做什么测试，就跟他说。我们需要什么报，他们就帮我们准备。因为他们对报都特别熟，资格都特老。反正我们测试老得要有些错报，什么报头错啦、报文错啦，什么没有起始行、没有结束行之类的，反正就这些乱七八糟的。每次需要就找他们，他们就给我们做这些东西。"

"然后一条线路成了，就再加一条。再试成了，就再加一条，一条一条往上加。"老同事兴致盎然地描述着当年的情形。

"国际线路当时就那么几条，每一条线路对应一个处理程序，"年近耄耋的徐家奇老人对当年所做的工作已经是心如止水、波澜不兴了，"国内线路刚开始复杂一点，每条线路也得对应一个处理程序。后来全部改成 X. 25 了，我一个程序可以处理所有线路了，那就简单多了。我在计算机里有一个登记表，加一条新线路，只要在登记表里注册登记一下就可以了，就全都处理了。"

"老吴（吴贤纬）说我这个组任务最复杂，其实弄明白了也不算复杂，不算复杂。"徐家奇最后语调平缓地说道。

四个小组，各管一摊，分工明确。在彼此迥异的工作风格下，你追我赶，一步一步地向着终点目标前进。在此期间的 1978 年 6 月 15 日，中央气象局发布了（78）中气办字第 023 号文件——《关于启用北京气象中心印章的通知》。

各省、市、自治区气象局，南京、成都气象学院：
我局自即日起，启用中央气象局北京气象中心及中心办公室、政治处、电信台、资料室和中央气象台印章。原中央气象局资料室、气象台、工程处印章同时作废。特此通知。

附印模
一九七八年六月十五日
抄报：农林部。

抄送：有关单位。

不知不觉中时光倏忽而过，1979 年悄然而至。BQS 项目进入了关键的系统联调阶段。

这里需要介绍一下系统软件组所做的工作。

首先介绍一下 BQS 系统应用软件在各台计算机上功能的大致分布。

M-160-1、M-160-2：国际气象通信线路及国内六大区域中心（武汉、广州、上海、沈阳、兰州、成都）通信线路上所传气象报文的接收、识别、转发、编辑处理、数据存储等。两机以双机热备形式运行。

M-170：全球及国内实时气象观测要素的天气图填图、绘图，数值天气预报业务系统的试验及运行平台，BQS 系统数据库的运行基础平台（后设）。

DJS-11-3：数值气象模式的研发运行平台，并在能力允许的情况下向局外单位提供算力服务。

系统软件组的工作

作为系统软件组的主要成员之一，张希白是 1965 年从黑龙江考入北大数力系的，当年全省唯一一人。时运不济，刚刚就读一年，便遭逢"文革"爆发。从一开始便被归入"另册"，默然偏居于一隅。至 1970 年，她们这一届只正规读书一年的"白帽子"大学生被分配离校，张希白和另一位西语系的女生回到了黑龙江，落脚在伊春地区铁力县。县里给了张希白两个选择：要么去中学教书，要么下干校。张希白暗忖自己思维跳跃、性子偏怪，不善且亦不宜与学生打交道，故宁愿选择了下到"铁力干校"劳动。不久，干校恶劣的生活条件使张希白患上了心肌炎，不得已病休回家。一段时间后，沉疴渐瘥。一个偶然的机会，张希白听说省电子技术研究所需要数学方面的技术力量，于是以借调形式进入该所，并在其下的计算机组工作。经过几个项目的锤炼，张希白从二进制开始刻苦自学，对计算机技术由不懂到精通，由门外汉而到所内专家，进而主持省邮电局汇兑系统自动化改造项目。在计算机能力以及项目经费都十分有限的条件下，她经过巧思妙想，硬是搞成了这个系统，并最终在省内获奖。

张希白所在研究所计算机组组长是邹竞蒙局长当年在哈工大读书时的老同学。通过该组长及张希白的北大学长杨卯辰的关系，张得知了中央气象局正在实施 BQS 项目的消息，此时她正在为解决当时全国普遍存在的夫妻两地分居问题而奔走。于是，1976 年 8 月，在唐山大地震余威正炽、北京城里到处在挖"抗震棚"的时节，张希白在组长的陪同和引荐下，走进了中央气象局的大门，并在局机关大楼里见到了局领导兼BQS 项目负责人邹竞蒙。

经过详细交谈以及多方侧面打听，邹局长很快认定张希白是一个极具潜力的技术人才，于是毅然拍板，先将她以借调形式快速调入气象局，赶上 1977 年初赴日技术培训的"班车"，正式手续随后办理。于是，张希白 1976 年 11 月底 12 月初得知中央气象局决定接收的消息，12 月 10 日收到相关函件，翌年（1977 年）1 月便随队与赵振纪、徐家奇、姚奇文等一起，赴日本参加日立公司的技术培训了。"正式调动手续是我去日本培训后，我哥来气象局帮我办的。"张希白介绍道。

　　"在日本我们搞控制（也就是搞系统）的几个跟他们搞应用软件的是分开的，"张希白回忆说，"杨卯辰，他也是北大数学系的，比我高几届，他是组长；还有一个徐甲同，是西北工业大学的一个老师，借调过来的，日语有底子。他是辽宁人，岁数比杨卯辰还大。1945 年以前东北小学不是都逼着学日语吗？所以他有点儿底子，会一些日语。他在西北工业大学也是做计算机的，所以就把他调过来了。然后就是我，一共我们仨。"

　　"这样我们三个人就融到日本人他们那里头，一块儿学，一块儿编程。

　　"我们仨当时就配一个翻译，当然老跟着杨卯辰，他是组长嘛。徐老师的日语比我好，也能自个儿跟日本人交流。我开始日语不行，我是 1976 年 9、10 月份听说有可能参加 BQS 项目，才开始猛学了一阵子日语的。在那以前完全没有接触过，所以也就自学了两三个月就出国培训了。不过，好在你看书看资料的时候，日语里夹着好多中国字，而且意思也差不多，能蒙出个八九不离十来。后来，慢慢就熟练了。

　　"我们当时主要是学习，但是有一部分程序，他们日立也交给我们做，因为它完全是那种工业的模块化的编制。这么一个大程序分成几部分，然后再继续细分，分成更小的一块儿一块儿的，日立的软件工厂就是这种工程做法。这么一来，软件实际上成了一个工程了，它划分得特别清楚。

　　"我们每个人都给了一小块，对这一块做编程的，一共有三个。我们仨跟着他们（日方）边学边做，这样回来以后，要是将来世界气象组织有啥要求，要有一些软件的升级、改造啥的，咱们自己就能做了。

　　"其实，后来他们说的那个系统（操作系统，VOS2）定制化加工，主要就是三部分。我们仨一人分一个部分：一部分叫 SCP，是杨卯辰负责，其实就是系统控制程序，主要是用在通信部分，里面甚至要和硬件的一些终端呀、端口啥的打交道，等于是操作系统里控制通信端口模出模入什么的。按理说操作系统里这些功能它都应该有，但当时的操作系统还很简单，我们这部分内容的功能它恰恰没有，所以要把这部分加进去。SCP 和操作系统（VOS2）系统是紧密连接的，它实际上就是操作系统的一个功能补充。

　　"第二部分就是我负责的，叫 RMS，就是实时管理系统。它主要是负责前面那个 SCP 和后面那些业务应用程序之间的联络控制、报文排队管理，还有事务处理控制、任务管理、文件管理、通信管理，还有定时控制管理、日志控制管理什么的，各方面都管。这些功能操作系统（VOS2）里其实是有的，但是咱们有咱们的特殊要求。这些特殊要求它那会儿还没有，所以得把咱们的这些特殊要求的功能加进去。这个说起来挺复杂的，也挺长挺枯燥的。你就是把它记下来，也没几个人愿意看，别费那个劲儿了，咱们就不说了。

　　"还有一部分叫 SOP，就是系统运行程序，说白了主要就是咱们系统的启动和恢复，还有故障处理。因为咱们有咱们的要求，当时机器有时候是经常出些意外的，或者是停电了，或者是什么的，机器会临时下电。你知道的，机器一下电，内存里的东西就清空了，那我原来正在运行的程序怎么办？算了半天白算了？再加电，机器再重新启动，原来算了一半儿的程序就得重新从头再开始算。先前算过的全报废了。SOP 就是解决这个问题的。它过一段时间就把实时现场全部保留一遍，再过一段时间再保留一遍，这样即便机器突然临时下电停机，重启后只要从停机前最近的那个保留现场点开始继续向前算就可以了。等于只稍微后退了一点点，浪费了一点点。这比没有 SOP 要强多了，是吧？

"这部分挺复杂的，保留现场，说起来简单，关键是你得保留哪些现场，怎么保留，保留在哪儿，怎么存，怎么取，等等。一系列的问题，你都得一个一个想清楚，然后一个一个解决。所以老应（应显勋）他们的 BUP 组也得跟着一起忙活。

"SOP 其实就是后来咱们经常用的那个 CheckPoint，中文应该叫什么？叫'恢复点'，对不对？现在这个东西已经很平常了，但那时候没有啊，咱们硬是把它给编出来了。当然，主要是日立公司他们，他们是主力主导，咱们是参与，但是（我们）也把这部分给摸透了。咱们参加这部分的是西北工业大学的那个老师叫徐甲同，我想了好长时间才想起来他的名字来，他负责的。后来回来后没过多久他就调走了，是吴醒元顶上来，接了他的位置。

"其实从日本回来后没多久，杨卯辰也调走了，回'701'（卫星气象中心）了，"张希白接着说道，"后来把徐家奇调过来了，让他把这一摊儿给接了过来。"

M-160 和 M-170 的连接

在梁孟铎等当年的项目领导，以及徐家奇、张希白等当年的项目直接参与者看来，系统软件组虽然参与并完成了 BQS 项目操作系统的定制化开发，但主导者和主要完成者毕竟是日立公司方面。系统软件组真正发挥出关键性作用的，是在 1980 年 1 月初 BQS 系统正式运行之后。而那时的成员已经发生了很大变化，除张希白以外，杨卯辰、徐甲同已先后调走，分别由徐家奇、吴醒元接替。

　　细心的读者可能还记得，本章开头在介绍各计算机作用分配时，那台引进的具有百万次浮点运算能力的 M-170 机所承担的工作为：填图绘图和数值预报模式。而这就意味着，其所做各项工作中需要的所有数据皆需从外部——也就是那两台 M-160 机上获取。概要地说来，两台 M-160 机是实时气象资料的入口和出口，而 M-170 机则是气象资料的产品制作（天气图的绘制、数值天气预报模式产品的生成）平台。因此，从一开始，这两台 M-160 机便必须建立起向 M-170 机传输数据的通道。

　　要知道，TCP/IP、FDDI、Token-Ring、以太网、InfiniBand 等目前（或此前曾经）常见的通信协议、通信网络和技术，那时一个都还没有出现，计算机在绝大部分地方都是以单机形式在运行。计算机之间的通信、计算机之间彼此协调运行这些现在看来很普通的功能，在当时尚未形成广泛的需求。

　　根据我方总体功能规格书的要求，日立公司方面在设备出厂前完成了 M-160 机向 M-170 机数据单向传输方法的建立。据当年的老同事回忆，这里所谓的"单向传输方法"，实际上就是在两机之间连接了一条物理通信电缆。两台 M-160 计算机及其配属设备有自己独立的机房，与 M-170 机房只一墙（玻璃墙）之隔。那条通信电缆从地板下穿墙而过并接入相应的机柜，将两类机器在物理上连接在了一起。按照单向传输的设计方案，需在 M-170 机上安装一个名为 DGP 的单向获取程序。在 M-160 机上准备好要传送的数据，并存放至固定的位置后，在 M-170 机上运行 DGP 程序，该程序将数据以比特流方式通过那条通信电缆读过来，并移动到指定绘图仪的工作目录下。M-170 机再运行填图程序 PLP，对获取到的数据进行编辑，并形成填图指令和数据；再运行 ADAPT 程序将这些填图指令和数据从 M-170 机传输到 X-Y 绘图仪，由各绘图仪所配 NOWA 控制器驱动其填图绘图。

真正意义上的 M-160 机和 M-170 机之间的通信软件，日方并未提供。

于是，这台引进的、据称当时国内运算速度最高的大型计算机，其使用方式仍与当时计算机的普遍使用模式一样，即单机独立运行。其运算结果的输出渠道仍只限于当时的传统方式：绘图仪、宽行打印机、卡片和纸带、以及 1600/6250bpi 磁带机。

在 BQS 系统正式运行后不久，新的需求自然而然地产生了出来：M-170 机上运行的数值天气预报模式产品需要对外发布。这些产品皆以颇具体量的数据文件为形态，而承担对外发送数据任务的是那两台 M-160 机，因此 M-170 机便产生了向 M-160 机传输数据的业务需求。此外，参照并应用欧洲中期天气预报中心（ECMWF）的模型，BUP 组开始在 M-170 机上建立中央气象局历史上第一个真正意义上的实时气象数据库，来动态存储管理 M-160 机上获取的所有全球和国内的实时气象资料。故而，需要将 M-160 机收集到并经过识别和编辑处理的所有气象要素及时传送到 M-170 机。总之，M-160 机也有向 M-170 机实时传输大批量（当时的度量结果）数据的业务需求。

于是，通过已有的数据通道建立起 M-170 机与两台 M-160 机之间的双向通信，便成为了徐家奇、张希白他们面临的首先需要解决的问题。据当事人回忆，这个任务最初由张希白负责完成。

用现在的技术术语说，张希白等人在 M-160 机和 M-170

机之间生生设计出了一个通信协议。

"她就是写了一个这种东西：我 160 这边给他发一份报，他收到了以后给我一个响应，'收到'，然后我拿到他的响应以后，我再给他继续发一个报，他再给我一个响应，'收到'，一来一回就这么发。反过来也一样，170 向 160 也这么发。"一位当年与张希白一起工作过的老同事介绍道。

"后来学了网络知识以后，我觉得它有点像那个七层协议里面的第二层数据链路层。"这位老同事补充道。

要知道，虽然当时七层网络模型已经开始问世，但距离传入中国、为大陆 IT 界广泛熟悉、接受并运用还有相当长的一段时间。就笔者而言，正式接触网络技术（包括 TCP/IP）还是在上世纪九十年代上半叶笔者调入国家气候中心之后的事情。由此可见张希白及其同事们所做工作的艰难和价值的可贵。

据当事人回忆，这项工作最初由张希白负责，老张完成了功能规格书的撰写以及许多技术方面的分析、归纳和统计，并承担了 M-170 机侧通信应用软件的编写。徐家奇于中后期加入进来，接手并承担了 M-160 机侧通信应用软件的编写。老徐并与老张一道，全程主持并参加了两台大型计算机之间的所有试验、故障分析、调整修改以及最后的测试和试运行工作。

张希白、徐家奇专业知识功底的深厚、对复杂问题的分析能力，对问题关键点的敏锐洞察力，以及认真的工作态度、踏实的工作作风，给当年的同事们留下了深刻印象。

"老徐老张他俩特聪明，真的，而且干活儿也特踏实，而且从来也不张扬，弄成就弄成了，也不到处嚷嚷。我觉得我跟着他俩这段时间收获特别大特别多，真的，我挺幸运的。"一位当年与之工作过的老同事回忆总结道。

自此，M-170 机与 M-160 机之间建立起了真正意义上的数据通信链路。彼此间的信息通信及数据传输你来我往，通达便捷。这在当时的国内计算机界，不敢说绝无仅有，但肯定是凤毛麟角。

此后的八十年代中后期，利用第一批世界银行农业贷款购置的日本富士通 M-360 机（约二百万次浮点运算每秒）分担 M-170 机的压力，承接北京气象中心数值天气预报的部分运算任务，需要与 M-170/160 之间建立通信联系。王品成等继续徐、张二位的工作，完成了这几台计算机之间通信通道的建立。

高速连接奥芬巴赫

气象出版社 1989 年出版的《国家气象局大事记（1960—1984）》中有如下记载：

> 1980 年 4 月 22 日，联邦德国气象局通信处处长鲍普和交通部负责气象事务的格特纳气象专家组一行 2 人，应邀访华。在京期间，双方商谈了建立北京—奥芬巴赫气象电路具体业务问题，并达成一致协议。确定于 1980 年 8 月 1 日正式建立并投入业务使用。外宾于 5 月 4 日离京回国。

徐家奇对此有较深的印象。在他的记忆里，鲍处长此行目的十分明确：在北京和奥芬巴赫（联邦德国气象局所在地）之间建立一条气象通信电路，并最终将此电路的速率提升到 9600bps，成为当时世界气象组织全球通信系统中的高速通信线路。毕竟当时该组织的通信主干环路速率已确定为 9600bps，北京气象中心要作为环路上的一个重要节点，电路速率达到规定要求是起码的条件。

很快，当年 8 月 1 日，北京气象中心电信台通过租用北京长话大楼国际话路的形式，建立起了北京—奥芬巴赫的气象通信电路。据当年电信台老同事介绍，该话路实际上是采用国际通信卫星链路形成的。电信台技术人员将该话路复用成三条电报线路和一条电话线路，以"三报一话"形式用于两地间的气象情报传输。

接下来要做的事情，就是电报线路速率的提升了，目标：9600bps。

"你看，原来气象通信是人对人、点对点的，都是 50、75、80 波特率，后来 100 左右，没法再高了。当时他们（西德鲍处长）弄了一个高速的，9600 的，9600bps，当然这就得用上计算机了。但是，这个 9600bps 快了容易出错呀。你知道，通信它传的信息是个比特流，你中间要缺了哪怕一位，整个后面全乱了，全乱了，所以它要差错控制。"徐家奇学者风度，介绍起技术来条理清晰，头头是道。

"差错控制就要有规程，这叫通信规程，通信规程。当时世界气象组织也考虑到这个问题，所以开发了一个 WMO 的通信规程。当时我们 BQS 计算机引进来的时候也配了，是日立公司给配的，他们根据 WMO 那个通信规程开发的。

"后来还没用呢，就是日立公司给我们配的那套根据 WMO 通信规程编的通信软件，还没来得及用呢，CCITT（国际通信联合会）又出来一个新的规程，类似现在的网络规程，就是叫做 CCITT-X.25 规程。

"那个规程（CCITT-X.25）有二级的、三级的。二级的叫 LAP-B，点对点的。三级的就是类似于现在的网络了，是可以一点对多点的了，组成一个网络了。

"当时，因为气象部门的电路都是点对点的，北京到东京，北京到莫斯科，北京到西德奥芬巴赫，然后西德再到英国，还有北京到韩国的汉城，还有到河内，等等，这些电路都有。他们（西德鲍处长）就想把 CCITT-X.25 的二级也就是 LAP-B 给引进来，用在气象通信电路上面。

"因为我们的通信原来都是人工的，根本不可能达到那个速率。现在一搞 BQS，用上计算机处理了，有那个提高速率的基础了。所以他（西德鲍处长）一听，他就找到中国来了，说，你们现在已经开始用计算机系统了，我们是不是能够开通 X.25/LAP-B？

"当时我们还是给了他积极的回应的，说，同意。后来派人跟他们谈，到底用什么规程，什么速率。"

"BQS 系统 1980 年正式运行，很快得到消息——就是 X.25 出来了。"张希白对此事回忆道，"一比较就看出来了，当时 BQS 虽然刚开始正式业务运行，但通信就已经很落后了，不管是国内通信还是国际通信。因为在咱们之前，日本和德国他们都已经是高速，当然还没到 9600，那也两三千、三四千了。他们原来是 HDIC，后来在我们之后也改成 X.25 了，9600 了。"

"那会儿世界气象组织给了我们两个名额，就是通信技术培训什么的，在西德，单位给了我和徐家奇，我们俩。"张希白继续回忆道。

"结果后来杨卯辰也去了，吴醒元也去了，还加上一个翻译，一共五个人，两个人的钱五个人花。当时我们在钱上面也没什么概念，能去培训就求之不得了。特别是出国培训，真的就是想去学习，去掌握技术。而且那时候说实话，生活都特别简单，有那点儿生活费已经很不错了，比国内强多了。

"在那边儿我们除了培训，就是跟他们交流、谈，一天到晚地谈。技术上探讨，对着这个规程一点儿一点儿地讨论，哪个响应，怎么处理，我应该怎么着，你应该怎么着，一句一句地抠，一行一行地抠，一段一段地抠，一共差不多5个月。我们是4月5号以前到（西德）的，8月底回来（北京）的——这是1981年的事儿。

"跟我们的那个翻译，叫小什么来着，刚出去的时候德语不咋地，磕磕巴巴的，回来的时候德语已经滚瓜烂熟了。以后我们跟德国人交流谈判，找德语翻译就专门找她，因为她对我们这一摊已经很熟了。

"81年从西德一回来我们就改程序，我、老徐、还有吴醒元，我们几个。82年就都做完了，高速线路处理就全做完了。然后他们德方派人来，跟他们一块，就试运行。1982年，试运行，然后中间好像没什么波折，就通了。这样，咱们赶在俄罗斯（苏联）之前启动了高速国际线路。德国跟咱们。"

张希白滔滔不绝地讲述着，思绪沉浸在当年的场景之中。

"跟西德人谈好了以后，就是那个方案定下来以后，大家就各自回来开发了。他们德国人倒是比较省事，花钱到（软件）公司去买一套软件就完了。因为方案定下来以后，（软件）公司就知道该怎么编了，价钱就差不多估算出来了，他（西德鲍台长）就可以掏钱买了。我们本来最开始也是想买的，就是想请日立公司来开发的，结果他们（日立公司）要价实在太高了，还不如我们自己开发。最后就我们自己开发了，用的是汇编语言，就是M-160/170，VOS2的那个汇编语言。"

"也就我们几个人，花了几个月不到一年的时间，就开发出来了。"徐家奇语调徐缓、随随便便地说道。

1989年版的《国家气象局大事记（1960–1984）》记载如下：

1982年10月17日，联邦德国气象局通信部主任鲍普率气象通信专家组一行4人应邀来我国访问。在京期间，双方就北京–奥芬巴赫气象高速电路业务技术问题进行了商谈。11月3日结束访问回国。

同年12月21日，北京—奥芬巴赫气象通信电路速率升至9600bps。值得补充一句的是，这是世界气象组织全球通信主干线路上第一段达到9600bps速率的线路。

根据当年参与者的共同回忆，在此基础上，1984年北京与日本东京的气象通信线路速率亦由最初的75bps大幅升级改造成了9600bps。

2019年由气象出版社新出版的《新中国气象事业70周年大事记》中，虽对气象信息化工作少有记载，但笔者仍在书中找到了如下文字：

1980年4月22日，联邦德国气象局和交通部气象专家应邀访华，双方商定建立北京—奥芬巴赫气象电路具体业务问题。8月1日，正式开通北京—奥芬巴赫"三报一话"卫星气象电路。1982年12月21日，通信速率提高到9600比特每秒，成为当时世界上气象高速通信线路之一。至此，北京气象中心东联东京，西接奥芬巴赫，真正成为全球气象通信系统环形主干电路上的一个重要通信枢纽，在全球气象情报交换中发挥了重要作用。

此后，徐家奇、张希白、吴醒元一干人等一路高歌猛进，短短几年内，将北京—莫斯科等国际线路，以及国内通信线路中北京与六大区域中心（上海、武汉、广州、成都、沈阳、兰州）之间的通信线路速率陆续全部提升到了 9600bps。

干得漂亮！

艰 辛 14

在撰写本章前不久，笔者从一位业界朋友的口中得知，1978 年年底前，在河北徐水，石油物探部门已将 5 年前购买的"第一台国产百万次大型计算机"DJS-11 计算机下线，机上所有主要业务全部迁移到了刚引进的 Cyber-1724 机之上。而在这一年的第一季度末，在新建成的北京气象中心大楼里，那台足足用去 BQS 项目引进设备费用的 1/3、比整个气象中心大楼还要昂贵许多的第三台国产 DJS-11 机刚刚安装就位。

第三台刚刚上线，第一台便静静地下线——二位"亲兄弟"擦肩而过。

"150 机"的困顿

根据几位当年参与其中的老同事回忆，"150 机"安装时虽然有北大计算机系的老师在现场指导，但所有临时需要的加工处理（如地板打孔、机柜支座等）皆需"150 机组"人员予以完成。因为他们是新大楼机房的第一批设备安装者，一切都需要摸索着来。好在当时大院里几个业务单位（如中央气象台、气象研究所等）都有自己工种较为齐全且具有一定规模的加工车间。"150 机组"按照要求自己设计出加工图纸，然后交由加工车间加工出成品，再由机组人员一件一件布设完毕，最终顺利完成了安装工作，未遇到多少波折。机组人员并在北大指导老师的现场指导下，对"150 机"加电成功。

自此开始，"150 机组"便步入了一个不堪回首的"梦一般"的境地。

"如果领导把一台特别贵重的设备交给你，让你来保管维护，结果这台设备一天到晚出故障，动不动就宕机，你心里着不着急呀？"赵西峰回忆起四十多年前"150 机组"的往事，依然心情复杂。

"你还不得急死啊！"老赵忍不住补充说道。

非但老赵如是说，凡笔者遇到的当年接触过"150 机"的老同事，无一不对它的表现摇头叹息不已。

"它不是三天两头地坏，它是天天坏呀，它天天坏！而且每天还不是坏一次，只要开着机，它几乎隔三四个小时就坏一次！"一位平日里言语谨慎的老同事想起往事便火往上蹿，一脑门子的官司，忍不住吐槽道。

"'150 机'它不像现在的计算机，它没有操作系统，它基本上就是一台裸机。"这位老同事介绍道。

"它控制台上也没有显示器，没有屏幕，就面板上几排开关和红绿灯。故障以后你不得诊断吗？你得靠计算机重启时运行的那个管理程序，这个程序因为要在开机前把机器各个部位都检测一遍，所以差不多能把故障的部位查出个八九不离十来；然后它会从控制台边上一个小打印机上把报错码打印出来，然后你得翻半天手册才能找得到这些报错码究竟是个什么意思。那些手册有些还是手写油印的，不是铅印的。"

如此贵重的计算机动辄故障，"150 机组"上下焦急万分。最初只要一发生故障，在场机组人员便手忙脚乱地检测排查，并一个劲儿地向正在使用机器的上机人员解释道歉；而上机人员因运算过程突然中断而产生出的愕然、诧异、烦躁和恼怒的情绪宣泄，又使得机组人员难以静下心来一步一步细细排查故障。不得已只能先将计算机重启，让上机者尽早重新算过，以免他因耽误时间过长而脾气发作，甚至暴跳如雷。

在赵西峰的记忆里，"150机"的故障多发生在主机，而当时主机又分成控制器、运算器和存储器等几个部分，每个部分都由好几台大机柜组成。在赵西峰看来，"150机"在设计上没有什么问题，但在器件性能的稳定性，以及计算机的组装技术方面存在一定的缺陷，因此导致了后期使用过程中的故障频发。

"有时候故障很难查的，"赵西峰回忆道，"比方说存储器那个磁芯它性能不稳定，它忽然磁性翻转了，有些数就乱了。运算器本来算得好好的，结果突然除数为零了，你说它能不乱吗？能不故障吗？可你说说这算是运算器的故障呢，还是存储器的故障？"

"最可恨的是，它性能不稳定吧，它还时好时坏，"赵西峰一想起当年的情形来就印象深刻，"它坏的时候整个机器就出故障，结果等你摸着线索一步一步查到它时，它又好了，正常了！结果搞得你莫名其妙，弄半天也不知道究竟是咋回事儿，你说气人不气人。"

不给力的制冷系统

漏屋遭雨，雪上加霜。这边"150机"接连不断地出故障，那边厢机房空调还十分地不给力。正式运行后不久机组人员便发现，"150机"机房的温度怎么也降不下来，夏天自不必说，就是冬天里也常常升到27℃~28℃。最初大家都以为这是由于"150 机"系半导体及小规模集成电路器件组成，耗电量较大所致，把关注点全部聚焦在了环动部门，要求该部门加大机房冷风吹送强度。然而几番尝试后，效果并不明显。于是，一边儿是机器不停地出故障，一边儿是机房温度始终不达标。两件事情搅合在一起，令所有人心情焦躁不安，也给厂家对频发故障原本就不大给力的解释提供了许多说辞和借口。笔者便曾数次遇到过，当所在单位设备故障、厂家维护人员依约前来维修时，这些人进门伊始，不是赶紧检查设备故障，而是先将场地环境扫视一遍。但凡发现有哪怕一点点不合规，他便要求先把这些问题解决后再说。即便这一点所谓的"不合规"跟设备故障一点关系也没有。

于是，一段时间之后，领导终于"急了"，召集会议，定下严格的机房维护制度："150 机"机房值班人员必须昼夜 24 小时随时监视机房的温度变化。每隔一小时向环动科报告一次，以便随时调整冷风的吹送强度。在此严格的制度下，机房的温度终于勉强控制在了设计规范要求的上限之下。

然而，"150 机"故障的发生频率并未因此而有所下降。

一年以后，在一年一度的环动部门设备大检修时，终于发现了问题所在。

"他不是每年叫什么，叫检修吗？设备检修，然后当时他们科里的副科长说要擦风道，上去擦风道。风道不是脏了吗，钻进去拿抹布擦。他自己钻进去一看，过去为了防火，风道有个门儿，你知道吧，防止火苗蹿出来用的。结果，他们钻过去一看，他妈的防火门儿关着呢！他妈的这么长时间防火门它一直关着呢，你说冷风怎么能过得去？怎么能过得去？这下发现问题了，把门打开了，后来风肯定就过去了，（机房）温度自然就降下来了。"老赵想起这件事儿便压不住火，忍不住暴起粗口来，"你看看闹笑话吧，是不是?"

自己动手排查故障

故障频发，使得"150 机"的上机单位和上机人日渐稀少，毕竟谁也不愿意无端浪费工夫。

"你浪费工夫倒也罢了，关键是有时候它头一遍和第二遍算出来的结果不一致，"一位当年维护过"150 机"的老同事有些激动，一边唉声叹气一边说道，"算一个二百阶的方程组，考机用的，好几次都是还没算完呢，'咔嚓'宕机了，你还得重启重算。好不容易算完了，头一遍出来的结果跟第二遍对不上，它对不上。这可就麻烦大了，你你你算出来的结果它不可信了!"老同事越说嗓门儿越高。

"后来我们分析，最大的可能还是器件稳定性的问题，"老同事稳了稳心态，继续说道，"可能是运算过程中某个器件发生了故障。这个故障比较小，没有导致整机的宕机，但运算结果就受影响了。谁赶上了谁倒霉。"

"当然，最后考机程序还是过去了，费老鼻子劲了，但好歹还是过去了。"老同事感觉刚才的话有些激烈，随后补充说道。

"它故障诊断的手段太少了，几乎没有。它就是靠机器加电启动时从存储器里调出来的那个管理程序，转一遍，看看各个部件有没有问题。有问题，主控台边上有个小打印机，窄行的，把错误代码打印出来，然后你就自己查吧。没办法，它厂家又不肯来人，不像隔壁 160、170（M-160、M-170 计算机），出了故障，一个电话，人家厂家维护工程师立马屁颠儿屁颠儿赶过来检修。咱们这边咋办? 出了故障咋办? 我们又不能坐着干瞪眼哪，所以我们只能自己来了。"

据赵西峰回忆，严酷的设备状况、几近于没有的厂家维护支持，给"150机组"提出了一个又一个需要尽快解决的新旧问题。而上机人群的日渐稀少，又给了机组人员较为宽松的钻研解决问题的时间。大家没有自艾自怨，更没有自甘沉沦，而是沉下心来，一个又一个地试图解决。于是，随着解决问题过程的不断深入，在不长的时间里，"150机组"成员的技术水平迅速增长，在各自所负责的领域内，个个如同"老太太擤鼻涕——手拿把掐"。

"那个×××，她负责存储器的。她查出故障后，有些故障自己都能修了，她自己都能动手穿磁芯了。"一位老同事回忆当年的情形，忍不住赞叹道。

改造存储器

据当年的老同事们讲述，经过一段不短的时间的统计，"150机"的故障源渐渐集中在了几个"病灶"之上，其中以存储器最为突出。于是，如何消除这个主要病灶，便成了机组需要思考和实践的话题。恰好，有鉴于前三台DJS-11机中出现的共同问题，北大计算机系在生产第四台时，对相关的存储器器件进行了改造，用MOS存储器替换掉原来的磁芯体。改造后的DJS-11机性能稳定了许多，耗电量大幅下降，体积也减小了不少。负责该部分改造的北大老师将这一消息通告给了北京气象中心的"150机组"。机组人员大受鼓舞，当即表示希望该老师能挂帅领衔，帮助并率领他们完成相关存储器的改造工作，彻底割除这一病灶，并表示将为此做出所有努力。然而，该老师婉拒了这一恳请，表示可以作为顾问提提参考意见，但仅此而已，不愿过深涉足其中。

"150 机组"当然不肯就此放弃，更不愿无所作为地坐以待毙。既然已经如此，那就索性自己动手吧。好在北大方面的工作已经做通了，路线方向上不会有大的问题。"150 机组"组成了由赵西峰为首的"存储器改造小组"，自己搞起了设计。

"其实北大他们做得也很简单，就是只替换元器件，用MOS 存储器换掉磁芯体，整个逻辑线路没有大的改动。"赵西峰介绍道，"所以（改造后的存储器）逻辑结构方面没什么改动，就是因为改造后体积变小了，原来六个大柜子，现在变成一个柜子了，这个有点儿麻烦。"

改造小组自己设计机柜，自己设计线路板，自己设计插件板，自己画图纸，干起了原本应该是设计院专职干的工作。为慎重起见，待设计到达一定阶段后，小组带着设计图纸走访多家院校，包括当时正在研制国产巨型计算机的长沙国防科工大，请这里的存储器设计专家审查把脉。

"人家干了这么多年了，对不对，人家一眼就看出来了，"赵西峰素来对有真才实学的人敬重有加，"你这个设计哪里有问题，哪里可能需要考虑什么东西，可行不可行，人家当场就给你指出来了，一条一条说得清清楚楚。"

设计图完成后，改造小组将机柜和插件板的制作委托给了当时口碑较好的河北霸县某厂。

"这个厂子的经验那丰富极了，"赵西峰介绍道，"你设计图纸交给他，你这些元器件在板子上的布局合不合理呀，会不会发生干扰啊，漏不漏电呀，这些他们就给你考虑了，全给你考虑了，用不着我们自己琢磨这些事儿了。"

所有元器件自己采购，机柜、插件板等全部自己设计，委托加工产品完成后全部自己组装。自 1982 年 8 月始，至 1983 年 8 月，用时一年，改造小组完成了对"150 机"存储器的 MOS 器件改造工作。按照赵西峰的说法：

"改造后的 MOS 存储器稳定性、可靠性大大提高。据 1984 年 3 月考机统计，连续运行 150 小时未出错。

"内存改造彻底解决了复算不等的问题。以前一个要运算 4 小时的 200 阶方程考机题很难通过，后来变成要运算 17 小时 300 阶的，不但顺利通过，而且每次算出的结果完全相等。改造后的内存，体积变小，机柜由 6 个减少到 1 个；耗电减少，400 赫兹电源由原来的 3.6 千瓦减少到 0.24 千瓦；故障减少且便于维护，平均无故障工作时间达到 150 小时以上。"

……

连接日立磁带机

另一件值得称道的事情，是对"150 机"所配磁带机的改造。

"150 机"最初共配了 8 台国产磁带机，原计划用于数据和程序的记录和交换，但令人扼腕的是，这几台由四机部下属呼和浩特市某厂生产的磁带机制作工艺有所欠缺。磁头位置不精准，时常发生所录磁带彼此无法互读的情况（比如，1 号磁带机记录的磁带在 3 号磁带机上读不出来）；加之这几台国产磁带机在设计时未依循国际工业标准所规定的记录格式，其所录磁带亦无法在国外进口磁带机上读出，因此最初采购这些磁带机时所设定的主要功能基本上都无法真正实现。眼见这 8 台磁带机行将报废，而"150 机"则没有了自身可用的磁带机。

上世纪七十年代末、八十年代初使用过"大型计算机"

的人们都知道，当时的计算机所配输出设备无非打印机、纸带/卡片凿孔机，以及磁带机等。对于上机者需要保存并再次（甚或反复）使用的海量计算数据，只有磁带机可堪达此目标，其他打印机、纸带和卡片等根本无法适用。因此，上机结束时，人们往往把海量的计算结果通过磁带机写入磁带并卸下带走，下次上机时再带来并装上磁带机，继续计算使用。

所以，对于其角色定位为"大规模科学计算用机"的"150 机"而言，通用、稳定、可靠的磁带机在当时是必不可少的基本配置。这也就是为什么"150 机"在最初采购时一口气配了 8 台国产磁带机的原因。

一方面磁带机必不可少，另一方面原配磁带机又不堪所用。"150 机组"陷入了困境。

天无绝人之路。好在 BQS 项目组在引进设备清单中留了个心眼儿，多配了一台磁带机控制器。于是，1979 年年初电信台领导决定，将多出来的那台磁带机控制器，连同两台原配属于 M–160 机的日立磁带机，一并搬入"150 机"机房，作为"150 机"的常规外部存储设备。

设备交给你了，连同怎么连、怎么用等任务，一同交给了"150 机组"。反正厂家的支持是无法指望了，机组四下环顾，孑然一身，只有自己动手了。

"150 机组"组织内部力量，从"150 机"主机与日立磁带机控制器之间通信/控制信号的传输和匹配、数据通道的设计和建立、数据传输/接收方案的设计和推演，以及相关功能的物理实现、最终成品的物理结构和内部逻辑结构，以至于最终成品的机柜构成和配电容量等，从头到脚、从里到外、从最底层到最高层，完完整整、仔仔细细地做了个全面的设计。"逻辑图纸 24 张，共用插件 119 块，工厂加工费 17.5 万元"

（赵西峰介绍），历时两年，最终于 1981 年下半年完成了
"150 机"与日立磁带机控制器之间"桥接器"的设计、制
作、测试和实际应用。日立磁带机接入任务大功告成。

　　该"桥接器"被命名为"H 通道接口柜"。

　　"H 通道接口柜"的制成和使用，使得"150 机"与一墙
之隔的日立 M-160 机、M-170 机之间通过磁带实现了数据和
程序的互读。且由于所配日立磁带机出色的性能，也为原本已
因故障频发、使用不便而渐渐黯淡的"150 机"增色不少。

　　1982 年年初，中美两国气象局根据协议互换气象资料。
美方要求依据国际惯例，交换资料的载体须为符合国际工业标
准的磁带。当时中方应向美方提供的气象资料全部以纸带形式
保存在库房里，共计 858 盘。于是，中方面临的实际问题便
是：如何将这 858 盘纸带逐一读入计算机，对其进行规范化整
编后，再记入到符合国际工业标准格式的磁带之上。当时电信
台掌握的计算机共三类：BQS 项目引进的日本日立公司的 M-
160 机、M-170 机，使用 BQS 项目设备引进费用购买的国产
DJS-11 机（"150 机"），以及先于 BQS 项目引进的、用于气
象资料处理的国产 DJS-8 机（"320 机"）。其中，日立公司
的计算机共配有近 20 台符合国际工业标准的磁带机，但未配
有纸带光电输入机；"320 机"虽配有纸带光电输入机，但却
未配备磁带机。唯一既配有纸带光电输入机，又配有符合国际
工业标准的磁带机的，只有"150 机"独家一位。

　　于是，"150 机"责无旁贷地承担起了此次资料转存的任
务。2 月 25 日接收任务，4 月 24 日全部完成，其间没有发生
多少值得一提的波折。858 盘纸带全部录入 1600bpi 磁带
中——只用了一盘磁带，而且还有一些剩余的磁带空间。

　　由于这是在"150 机"生涯中仅有的几次能体现出其价值

的案例之一，所以不少当年机组的老同事至今记忆犹新。

除此之外，"150机组"还对交换机的存储部件以及打印机等外部设备进行了器件和种类适应性方面的改造，目的只有一个：让这台昂贵的国产大型计算机能够少发生故障，能够让用户使用起来愈加方便，进而吸引越来越多的用户，使其能够发挥出预期的、应有的价值。

生态系统很重要

然而，尽管"150机组"想尽各种办法，尽最大努力改善"150机"的运行状况，减少故障发生率，优化运行条件和环境，仍然难以扭转该机使用者日渐稀少的颓势。

当笔者与机组的老同事们聊起当年往事，继而探讨上述"颓势"产生的原因时，老同事们列出了一系列的缘由。其中有一条颇得笔者的共鸣，那就是：语言环境的生僻。

按照赵西峰及其他几位机组老同事介绍，"150机"的"不通用"是一个近乎致命的问题。它非但没有操作系统（只有一个简单的开机引导管理程序，内含对各部件的启动初始化和简单检测功能），其程序语言也与众颇不相同。风格介乎FORTRAN 和 C 语言之间，语法结构类似于 FORTRAN 和 PASCAL 的混合体。程序语言的取名也很具特色：BD-200，意喻"北大-200号"。最令使用者感到不适的地方，是"150机"的系统操作命令以及程序语言全部采用汉语拼音，这即便在当时的业界也是极为罕见，甚至是绝无仅有的。因此，前来使用"150机"的单位和个人，都必须事先系统地将操作命令和程序语言从头到尾仔细学一遍，再将自己已经编好的程序按照"BD-200"的语言规则予以全面的修改调整，然后方可上机使用。这种要求即便对于"150机"所属单位中央气象局而言，也是相当困难的。要知道当时局所辖气象研究所（后来的中国气象科学研究院）从事数值天气预报模式研究已历二十余载，发展积累起来的模式程序多则数千行上万行，少的也有数百行近千行。要把这些程序全部翻译成"BD-200"语言，着实要费不少力气。

更为要命的是，这个"BD-200"语言几乎是以"孤本"形式存在于当时国内计算机界的，在其他机器上很难找到使用环境。翻译成"BD-200"语言的程序只能在"150机"上运行，拿到别的计算机上无法识别，属于"蝎子的粑粑——独一份儿"。这对于那些"150机"的使用者而言，即便满怀热情而来，遇此情形，也不啻于兜头一盆冷水，不免因之而兴味索然。

行笔至此，笔者不禁抚键长叹——生态是何等的重要啊！可在当时那个年代，就连自然生态都还没有引起世人的足够重视，漫说计算机生态了。

令人扼腕的结局

根据记载及当年老同事们的回忆，自1979年7月正式提供使用后，"150机"的主要使用范围包括：计算台风路径客观预报，中、长期天气预报业务和科研等。同时该机还向国家第二机械工业部九所、空军十所、水利电力部研究所、四川绵阳029基地、北京阜外医院和总参气象局等单位提供了一定程度的计算资源服务。

与"150机"一墙之隔的M-160机和M-170机自1980年正式业务运行后，"一直红红火火"。特别是M-170机对外提供使用后，全国各地来此排队使用者如过江之鲫，趋之若鹜。在了解了 M-170 机的诸多优点后，不少"150 机"的使用者开始动摇，继而陆续弃"150"而就"M-170"，跑去隔壁与众多 M-170 的上机者争起机时来。

"150 机"的使用者越来越少。到最后几年，其年机时使用量已达到了令人不忍一提的程度。

再维持下去，已经没有任何意义了。

与此同时，在生产完第四台 DJS-11 机并交付汉江油田后，北大电子仪器厂于 1981 年起停止了该系列计算机的生产，并将全部技术移交哈尔滨电子仪器厂，计划由该厂继续生产。哈尔滨电子仪器厂针对此前该机暴露出的诸多问题，进行了一系列的优化改良，并取得了一定效果。但终因缺乏用户订单，第五台以及后续的 DJS-11 系列计算机始终没能问世。

鉴于"150 机"的使用状况，当时的中央气象局职能部门为尽可能发挥其使用价值，不使其因被冷落而过早凋零，曾计划将该机转赠给北京市气象局，以期能被继续使用。北京市气象局也因此在 1984 年秋季派技术人员来到"150 机组"学习培训。然而培训结束前，北京市气象局做出了放弃接收"150 机"的决定。

1985 年 7 月 17 日，在已经没有用户使用的情况下，经上级领导批准，"150 机"下电关机。

1986 年 12 月 25 日，国家计委以计农（1986）2589 号文批复，同意在北京气象中心扩建中期数值天气预报业务系统工程。中心领导随即指示对"150 机"进行处理，腾出机房他用。经局领导及职能部门批准，1987 年 2 月 9 日，"150 机"机房内全部设备被清空运走，赠送给中国少年儿童活动中心，作为当年的一段历史向世人们展示。

以展品的形态面世（1977年北京展览馆），最终又以展品的形态辞世（1987年中国少年儿童活动中心），"150机"走完了它的一生。

虽然想尽了办法，虽然竭尽了全力，"150机"依然没有创造出最初人们期待的耀眼的辉煌。其寂寞寥落的结局，令机组人员不免惆怅、沮丧甚或消沉。一些人很长一段时间内抬不起头来，不少当事人至今不愿提及当年的往事，尤其是在谈论BQS项目的时候。

这是一段命运的历史，也是一段已经快被人们淡忘了的历史，一段不愿被载入史册的历史。在有关气象局的大事记里，几乎看不到它的身影。它如一颗流星，划过夜空后便淡出人们的视野，不留一丝痕迹。它如一株昙花，短暂绽放后便息影敛叶，不再散出任何芬芳。

往事如烟……

成　功

　　"我记得很清楚，是 1980 年 1 月 4 日。"当笔者询问到 BQS 系统投入正式业务运行的具体日期时，姚奇义老人操着浓重的川音十分肯定地答道。姚老的记忆力超乎常人，笔者对其所言深信不疑。

　　但是，为什么如此重要的日期，不按一般传统习俗选定作为上世纪八十年代第一天——标志性纪念性意义都十分鲜明的 1 月 1 日，而选在当不当正不正、似乎一点儿意思也没有的 1 月 4 日呢？

　　在开始着手撰写本书前，笔者曾翻阅了气象部门此前组织编纂的不少回忆文集、回忆文章及《大事记》等，并访谈了一些当年的参与者。遗憾的是，诸多文献中对这个日期少有记载，而被访谈者对此亦语焉不详。虽基本锁定在 1980 年 1 月初，但究竟具体是哪一天，却诸说纷纭。笔者遍查档案，亦毫无结果。

　　笔者一度为此困惑不已。

　　随着撰写本书进程的推进，以及笔者对 BQS 项目了解的逐步深入，这一问题开始逐渐释然。如一位当年的老同事所说，其实在 1980 年 1 月 1 日以前，BQS 系统已经正式业务运行"有一段时间"了。

　　这需要从项目建设后期的重点工作——系统测试说起。

至今依然罕见的严谨测试

时间进入到 1979 年，此时的 BQS 项目建设正进行得如火如荼。新落成的堪称地标式建筑的北京气象中心大楼业已启用，所有引进的计算机及配套设备都已安装就位，加电测试成功，并陆续通过了验收。应用软件的编制也已渐入佳境，四个方向（收/发报、批处理、报文处理、填/绘图）齐头并进，并先后完成了小组内部的模块测试（现在的规范术语为"单元测试"），开始进入到最为关键的"综合测试"。

按照系统组的规划，综合测试分为两个阶段。前一个阶段为"模拟测试"，即：组织专门的测试小组，按照拟定的测试方案，对事先准备好的测试数据逐项进行测试。这种方式类似于现在的"集成测试"。后一阶段为"实况检测"，即：BQS 系统接入实际气象通信电路，在规定时间段内不间断运行，并由测试小组记录其间系统发生的故障或错误。时段结束后，倘统计的故障数低于事先确定的额定数，则测试通过，否则为不通过。这些规定时段依次分别为：24 小时、36 小时、48 小时、72 小时和 144 小时。

早在 1978 年下半年起，吴贤纬领衔的系统组便已在着手编写《BQS 系统测试大纲》和《BQS 系统测试方案》。令各应用软件专业组被测人员略感不适的是，测试大纲和方案的编写过程完全是"背靠背"的，即：编写时完全依据功能规格书中的各项功能/性能要求，由系统组独立完成；测试所用数据也是由系统组聘请经验丰富的通信大队报务员（有些人堪称报务专家）组成数据组。数据由该组独立形成，与各应用软件专业组内部单元测试时自己组织编成的测试数据毫不相干。

"我的印象里，测试方案总共有 26 个大项，有的大项中还有几十个小项（类似于现在的测试用例——笔者注）。"自1975 年秋季大学毕业后一直在 BQS 项目系统组里工作的王春虎回忆道，"具体有多少个小项，时间久了，我现在实在记不起来了，总有几百个吧。你可以查查档案，档案里面都有。"

"方案里要事先确定的内容很多。比方说，这些测试项目试验的方法是什么，要具备什么样的试验环境，是否要单独为它准备试验环境，什么样的试验环境。最后，试验完毕以后的检验标准是什么，什么样算通过，什么样算不通过。这都是综合试验的测试大纲和方案要给出来的。

"比方说两台 M-160 机主从切换试验，一个系统（M-160计算机）故障，然后切换到另一个。这种故障切换是 BQS 最关键的功能之一，所以要进行多次（测试检验），大概起码要进行三次。然后看你切换得顺利不顺利，是不是在设计时间30 秒之内完成的切换。这是一个（测试）项目，主从切换试验。

"还有通信线路。我们按照实际要接到通信控制机上的线路数，拉了几条模拟线路。先接上一条，然后往里面灌测试数据——也就是各种报文，正常报、错报，什么都有——然后按照顺序检测它（BQS 系统）的收报能力、识别能力、处理能力，最后还有绘图能力，看看它能不能最后把图画出来。

"一条线路测通了，然后再加一条。同样往里灌测试数据，反正改头换面一下就是了。然后再加一条，再加一条……"

"每个项目一般都有对应的测试数据，还有对应的预期结果，清清楚楚。"王春虎补充道。

头一次遇见这种阵仗，个别被测人员不禁私下里嘀咕起来：都是自家兄弟嘛，平时低头不见抬头见的，干吗这么较真儿，一点儿面子也不给……

其实这种铁面无私的做法并非系统组所创。日立公司下属软件工厂根据多年大规模系统软件研制工作，总结出了一套行之有效的方法，此即其中之一。日立公司将这套方法运用在日常的各个项目中，并循例在 BQS 项目中通过派驻技术顾问要求中方按部就班地予以执行。有意思的是，据当事人回忆，日立顾问还有一个常人看来有些不好理解的理念：在他们看来，由人工编写出来的应用软件最初一定存在着许多 Bug，因此最初的应用软件测试应该也一定会检测出许多 Bug 来。而如果届时测出的 Bug 没有达到一定的数量（甚或检测不出 Bug 来），这并不能说明该软件编得如何好，而更可能说明测试方案以及测试数据有问题，没有把暗藏在软件深处的问题找出来。

于是，在单元测试阶段一度出现一种有趣的现象：日立工程师在检查测试结果时，对查出一堆 Bug 的程序轻轻放过，只要求编码者拿回去修改便是；倒是对那些没有测出 Bug 的程序死咬住不放，非要找出点儿问题来不可——用现在年轻人的常用语，颇有些"变态"。

姚奇文老人对此有所解释。在与日方沟通后他得知，据说日方的这种"变态"是根据严格的概率统计得出的。一定的程序量存在一定数量的 Bug，这是大概率事件；而一个 Bug 也没有的程序则属于小概率事件。

磨砺也罢，遭遇"变态"也罢，经过日立工程师的这一番"神"操作（或曰"骚操作"），各组在进入"综合测试"时，各个软件都已变得"皮糙肉厚"，颇具一定的"抗击打"能力了。饶是如此，在经历系统组主导的模拟测试时，各专业组仍然遭到了一番冷酷的"非人"的"折磨"。

"做完以后，大家都在那儿对（查验测试结果——笔者注）。你这个测的对不对，他那个测的对不对什么的。"一位当年参加过测试的老同事饶有兴味地回忆道，"当时找了一间特大的屋子，里面都摆的那些东西。然后哪个组的在哪一堆儿，哪个组的在哪一堆儿，然后就在那儿一项一项地对。做对了，检测项目框里画一勾，要是不对，那可就麻烦了，大家伙儿全围上来了。"

"那会儿等测试结果，有事儿没事儿就待在办公室里，"作为 ESP2 组的码农，董庆对当年测试的情形记忆犹新，"结果一出来，要是通过了，大家'吼'地一声，都散了。要是没过，好家伙，大家'呼啦'就围上去了，看看是不是自己的问题。一看不是，'嚯'，这下放心了。然后就上去安慰那位出问题的家伙，帮他出主意想辙，有时候一陪能陪一晚上。"

"要么怎么说那阵子我们这栋大楼晚上一直亮着灯，要亮到十一二点，日本人看了都特感动。"董庆进一步说道，"天天在办公室里泡着，测试，改程序，再测，再改。就这么着，测了好长一段时间，我想想看，怎么也得有几个月了。"

"最开始问题挺多的，到后来越测问题越少，越测问题越少，再到后来基本上怎么测也测不出问题来了。"董庆最后补充道，"毕竟就那几套测试数据，里面错报种类再多，也是有限的。我一遍一遍地改，最后总能测过去。"

于是，在"模拟测试"结束后，报文接收和处理的质量问题已不在后续的测试范围之中了。

保驾护航的通信队

据当年在通信队工作的李春来说，将通信大队所接的气象通信电路（国际/国内）接入 BQS 系统通信控制机，对系统实行"实况业务检测"，是大约 1979 年 8 月前后的事情。那时通信大队虽已划归电信台管辖，但仍暂居于南楼（当时的局机关大楼，现南区 19 号楼）的一楼办公值班。

"那时候通信大队的业务一直没停，照常收报、处理报文，"李春来回忆道，"我们先把国内线路接上去的，其实就是那几个区域中心，然后还有华北的几个省的线路，把它们一个省一个省地并联出来，一条一条接到 BQS 上。我们一接上去，他们就开始测，几条线路混在一起测。"

"那几条国际线路是后接上去的，先接的国内线路。"李春来十分肯定地补充道。

"起先是 24 小时测试，连续运转 24 小时，然后停下来分析，"一位当年 ESP2（报文处理）组的老同事回忆道，"主要是查日志，看看这 24 小时里都发生了什么。那会儿我们在软件里设了不少显示点，一有问题就往日志里吐。"

按照这位老同事的说法，接入实际通信线路后的"实况业务检测"，主要的目标是检测系统的可靠性和鲁棒性（也就是俗语说的"抗折腾性"）。对于纠错、容错方面的能力，在此前便已冻结，不再测试了。

最开始还是有些问题，然后就是修改，再测，再修改，再测，一遍一遍地测，一次一次地修改调整。连续运行 24 小时的出错率随着测试次数的增加逐渐下降，最终终于降到额定限度以下，并连续数次达标。

然后，再进行 36 小时测试，再一遍一遍地测，一次一次地修改调整。出错率在小幅上升后，不久便"震荡下行"，下降到额定数值以下，并且连续数次达标。

于是，再进行 48 小时测试……

72 小时测试……

最后是连续 144 小时的实况测试，以及连续数次运行的圆满达标。

随着"综合测试"过程一步一步向前推进，BQS 系统登上舞台，一步一步地走向聚光灯照耀的舞台中央，开始展现出接管和包揽气象通信系统的能力。

是时候放开缰绳，让它自己自由驰骋了。

于是，在最后一次连续运行 144 小时后，BQS 系统不再依往常惯例停机，而是放开手让它继续运行下去了。通信大队同时继续业务运行值班——两套业务并行运行。

扶上马，送一程。通信大队人不去甲马不卸鞍，一直在为 BQS 系统的业务运行保驾护航。

……

然而，千里相送，终有一别。在并行运行了一段时间后，通信大队渐渐停住了送行的脚步，开始进入了自我调整的工作进程。此时已接近 1979 年的年底，为适应新的工作需要，通信大队在年底前从南楼搬迁到了新落成的北京气象中心大楼，并在四楼设立了"应急报房"。从主角转变成配角，以人工处理 BQS 系统一时无法处理的问题为主要职责。

所以，在 1980 年 1 月 1 日以前，BQS 系统便已经实际上接替了通信大队的主要业务，实际担负起了气象通信枢纽的职责。但究竟是哪一天正式接替的工作，谁也说不清楚。

据纪才汉老人回忆，BQS 系统（实际）正式运行后不久，还的确发生了一起系统硬件故障。好在故障发生时间恰好在夜间，处于线路上报文稀疏时段。那时候家用电话十分稀缺，维护人员都住在局大院内的宿舍里，以便就近唤来维修。值班人员在故障发生后撒腿狂奔到维护人员家门口，一通地捶门呼喊，把他从被窝里拽起，揪进机房，并在可容忍的时段内抢修完成。总算没有耽误大事。

"从此以后，BQS 系统再也没有发生过一次重大故障。"姚奇文老人十分肯定地说道，"BQS 系统的稳定性和可靠性是非常高的。"

BQS 系统正式运行后，原通信大队除在大楼四楼设立了应急报房外，还在二楼 M-160 机机房东侧设立了一个"终端报房"，与 BQS 系统并行值班。应急报房作为 BQS 系统的备份，旨在 BQS 发生故障时接替其通信工作；而终端报房的主要职责是处理那些 M-160 机应用软件（ESP2）一时无法识别和处理的错报。这些错报在值班终端屏幕上实时显示并提示，由值班员根据经验人工改错后重新输入 M-160 机。值班员使用的值班终端是 M-160 机专配的，为一台与现在小型微波炉形状体积相仿的台式阴极射线管式字符型屏幕，并配有一个美式键盘。那时候鼠标还没有问世，值班员通过键盘上的上下左右键来控制错报修改的位置，并对其进行人工修改。

此外，"终端值班"人员还在发生漏报时，对发报端发送"漏报补发"通知，并监督执行。除"终端值班"人员外，原通信大队大部分人员皆编入到"运行值班"队伍中，与 BQS 项目组硬、软件人员一起在二楼的 BQS 机房里值班（每班一名硬件、一名软件、两名通信）。当时称 BQS 系统值班为"运行值班"，称通信大队终端报房值班为"终端值班"。因气象通信系统中的收发报以及报文的常规处理环节已基本由 BQS 系统（ESP1）承担，终端报房值班岗位大减，每班只留四五人。

经过实战的锤炼，日积月累，BQS 应用软件（尤其是报文识别处理的 ESP2 软件）实际处理错报的能力与日俱增。慢慢地，终端报房里终端的错报提示逐渐变少、变少，最后几乎消失了。"终端值班"人员逐渐由繁忙而变得清闲，由清闲而变得寂寥，终日枯坐房中，百无聊赖。更是由于 BQS 系统高度的稳定性和可靠性，自正式运行以来一次重大故障都没有发生过，应急报房的备份人员一直无所事事地"备份"了两年。没有被哪怕派上过一次用场，十分郁闷。

终于，在 BQS 系统正式运行两年的前后，四楼的应急报房正式撤销了。

正式入网运行

至于为什么选定 1980 年 1 月 4 日作为 BQS 系统的正式运行日期，当笔者再度专门询问姚奇文老人时，姚老的解释是，其实这是个走程序的过程。因为 BQS 系统正式接入世界气象组织的 GTS 主干网，是需要正式通知它的相关部门，以及上下游各个国家的气象通信部门的。这既需要走流程办手续，更需要一定的时间。待流程手续办理得差不多时，1980 年 1 月 1 日已经过去了，"况且人家外国人对究竟是 1 月 1 日还是 1 月 4 日看得并没有那么重，你早一天接入总归好嘛"。

所以，1980 年 1 月 4 日作为 BQS 系统正式接入 GTS 主干网的日期，不是事先选定的，而是工作流程一步一步完成后日期自然排到的。

这个长时间困扰笔者的问题居然是这么个简单的答案。

正式运行后，留在北京保驾护航的日立公司软硬件技术人员陆续回国。到 1980 年春节前，只剩下最后一名作为留守人员的计算机工程师。春节期间，为尽地主之谊，受领导委托，姚奇文陪同这位日立工程师上了泰山。当时泰山尚无登山缆车，一路皆需步行攀登。据姚奇文回忆，登山前该工程师展现了抗寒磨炼的童子功：裸衣以凉水擦身。时值山上正在下雪，姚奇文一行人冒雪登山，并夜宿于山顶宾馆。

次日凌晨，姚奇文一行于泰山之巅看到了当地人都难得一见的壮丽的雪后日出，心潮澎湃。

风光一时的 M-170 机

有意思的是，起初谁也没有想到，在投入正式业务运行后，BQS 系统中最出彩、一时间名声在外、风光无限的居然是那台 M-170 机。

BQS 系统接替通信大队开始业务运行之后，为了用好 M-170 这台国内进口的第一台计算速度高达百万次的计算机，运行维护者精打细算，把它按照业务级别高低分成了 10 个区。其中 1~9 区内部使用，第 10 区拿出来对外服务（首先对气象系统内部单位开放）。

使用者立刻被 M-170 机良好的使用环境和高速的计算能力所倾倒。所谓"酒香不怕巷子深"，一传十十传百，"气象局有台全国最快的大型计算机"的消息经过口口相传很快传遍全国，受到万众瞩目，就连文艺界也为之芳心暗许。因出演《青春》《海外赤子》《小花》等电影而在当时轰动全国的影界当红小旦陈冲，其在大陆主演的最后一部电影《苏醒》中有一组男主使用大型计算机的镜头，场景就选在了 M-170 机房。那些饱受计算资源匮乏的单位、企业和个人纷纷向电信台提出上机申请，恳切要求来此使用 M-170 机。局大院内招待所里住满了来自全国各地各行各业的单位和个人，带着各种五花八门的题目，冀图借助 M-170 的惊人算力解决困扰多年的计算问题。

M-170 计算机操作系统是带有分时能力的"批处理"系统，分成的 10 个区可同时运行各区内所提交的批作业，但在各区内部则是资源独占的，即，每个区内同一时刻只能提交一个批作业。第 10 区由于对外服务，上机来人甚众，为便于管理，所有上机操作由机房人员完成。电信台运控科在机房的一道门和二道门之间设有一间"待机室"。每天上午上机者将上机所用卡片交给待机室值班工作人员，机房人员按照顺序，将卡片按顺序输入 M-170 机的第 10 区，然后以"批处理"的形式提交执行，于是每个上机者的程序便都成了"批处理作业"中顺序执行的一个作业了。BQS 系统虽然配备了十几台磁带机，但却未向外来用户提供使用。外单位上机者的运算结果只有通过宽行打印机打印出来，于是机房里每天都要消耗掉好几箱宽行打印纸。那时在待机室里有一个保险柜，还有一个长条桌。机房工作人员在下班前会将批作业中每一个作业结束（或运行失败）后的打印结果放在长条桌上，较为尊贵的用户的打印结果则被放进那个保险柜里（尽管保险柜并不上锁），待其过来认领。

外单位上机者头一天上午将作业卡片交完后便无事可做，只能静等运算结果。一般情况下，结果次日即可拿到。但也有特殊情况，有时"批作业"里碰巧有几个耗时过长的作业，会导致批作业的运行时间超过 24 小时甚至更长，以至于希望尽快看到计算结果的上机者个个乘兴而来、败兴而返。数次下来，一些性子火爆的上机者甚至爆起粗口，称老子有钱，你们他妈的给老子快一点！

其实，当时那些上机者就是再有钱也没用。因为那时十一届三中全会刚开过没几个月，多少年的禁锢还没有打破。社会上就连私人办个小作坊，雇几个人帮忙，这里面都大有讲究。雇七个人以下算合法，雇七个人以上算"剥削"，并有成为新生资本家的嫌疑。据说后来还是中央开会讨论决定，才算放开了社会上雇工人数的限制。可以想象，在这种"解冻"初期，没有任何先例可循的情况下，老实巴交的电信台管理层哪里敢做第一个吃螃蟹的人——用国家出资购买的计算机来向外单位上机者收费。这要是传出去，不成了假公济私么？

但据说当时外来上机人委实太多了，后来为控制人数，电信台无奈之下被迫制定了一套外来上机收费标准，并命应显勋开发了一个按 CPU 使用时长收费的计费程序，以期借此吓退一些散户。散户是否被吓退不好说，但此后的三年里，电信台却确实靠M-170机第10区对外服务的机时费收费不少（据说足够再买一套 BQS 系统设备）。当然，所收上机费用一个子儿也没敢私留，全部上缴给了国家。

几十年后，一些年轻人听说了这些事情，不禁跌足叹息。连呼已经赚到手了那么多钱，居然一文不留全部上缴，真真是一群傻帽儿。惹得几位当年的老同事侧目而视：站着说话不腰疼，你来试试？

M-170 机虽然是日立公司方面经过一番艰苦努力，说动美国当局后方才出售给中国的，但宥于巴统会的相关规定，该机只能用于民用，日立方面对此也不敢公然放开手脚。因此自M-170 机运抵气象局并安装就绪，日立公司便派人或专职或兼职，定期来到机房，检查其使用情况。对一些有疑问的用户和算题还要专门询问，要求电信台有关方面予以正面解答。有时甚至还要检查日志文件，以验证中方回答的正确性。这对于国内计算机界的仁人志士而言，无疑是一种刺激。

也是基于这种情况，一些敏感单位因缺少计算资源而到气象局上机时，多选用国产机（"150 机"）。只是"150 机"委实有些不大给力，令这些上机者们多少有些失望。后来随着改革开放的迅速深入，各单位纷纷购进自己所钟意且有能力购进的计算机，以解决自身的计算资源问题。社会上"算力荒"现象逐步得到缓解，外单位来气象局上机的人数逐年递减，到1985 年就已基本消失了。

乘势改造区域中心链路

BQS 系统迅速承担起"亚洲区域气象通信枢纽"的责任，并且胜任愉快。

然而，对于国内气象通信系统而言，BQS 项目只解决了北京这一个"点"的计算机化问题。全国所有区域中心和省局的通信系统仍然在使用电传等显然已经落后于时代的技术。因其速率过慢，且误码率居高不下，BQS 系统从国外收到的许多较为珍贵且有实时使用价值的资料（如 ECMWF 的数值预报产品）无法及时共享到区域中心和省局。

当时国内气象通信系统的逻辑结构是树状型的，自根部至叶端依次为：国家中心（北京）—区域中心—省局—地市局—县站。因此，在根部已经完成升级改造后，对其所连接的几个区域中心的系统进行计算机化改造，大幅提升电路传输速率和质量，使其具备接收较大体量气象数据的能力，借以提高所在区域的预报预测水平，便成为了国家气象局（1984 年中央气象局正式更名为"国家气象局"）下一步需要考虑的重点工作。

1984 年，世界气象组织为加快推进 GTS（全球电信系统）计划，以贷款方式向一些发展中国家提供用于本地通信系统计算机化升级改造的计算机，其型号为 DEC 公司的 PDP-11 系列（在当时被业界称为"小型机"）。国家气象局得到了三套。局领导讨论决定，利用这三套计算机系统，首先对广州（华南）、上海（华东）和武汉（华中）这三个区域中心的通信系统进行升级改造。

这项工作理所当然地交给了北京气象中心电信台，而电信台又将这项任务顺理成章地交到了徐家奇等人所组成的团队手上。

使用 PDP-11 系列计算机作为报文接收/发送以及识别处理用计算机，与使用日立公司 M-160 机之间有不小的差异。其中之一便是 PDP-11 机用于高速电路的通信软件乃世界气象组织花钱延请联邦德国一家计算机公司编制完成的，编程语言为当时业界开始流行的 C 语言；而此前徐家奇、张希白等人在 M-160 上编制通信软件是用的 VOS2 系统底层汇编语言。徐家奇团队若想完成这项任务，必须全面熟悉并掌握这套联邦德国软件。为更好地推广使用这批 PDP-11 系列设备，世界气象组织特意组织了相关的培训。徐家奇为此率队参加培训，地点在联邦德国的奥芬巴赫（西德气象厅所在地）。

"我当时没在他们那个组，所以那次培训我没去，"张希白回忆道，"后来他们培训回来了，老徐就找我谈，让我接，我说成，就过来接了。"

"后来光我们几个人不行啊，区域中心的人也得会呀，所以就先搞培训，先在武汉培训。"张希白继续回忆道。

"你可不知道，老张（张希白）那会儿可神了，"一位当年参加过培训的老同事兴味盎然地回忆道，"培训讲课的时候，她坐在台下一边儿听一边儿记，听着听着就在下面吱声，说不对，你说的不对，应该是怎么怎么的，然后就翻桌子上那一大摞程序。她培训时老带着那摞程序，DUMP 出来的，然后翻着翻着找到了，然后指着程序说，你看你看，就像我说的。"

"事后我问过老张，"这位老同事补充道，"我说老张，你又没去培训过，这么一大摞程序你也没时间一行一行地看，你怎么知道他讲得不对？老张说，其实人的思维一般都差不了太多，所以他在上面讲这个事儿的时候，我就在想，我要是做这事儿，应该怎么做怎么做。完了以后我不能确定人家就这么做了，我就开始查程序，一查一看，就是我想的这样，所以我就知道他在上面说错了。"

"然后他们把那个德国人（主持 PDP-11 计算机通信软件编制者）请来了。那个人心眼儿特好，他把整套软件的源程序留给我们了，就一盘磁带，1600（bpi）的。"张希白提起此事就兴致盎然，"有了源程序就方便多了，只要你读懂了，想怎么改就怎么改。"

"那会儿在日本培训时咱们也接触过，通信端口啊，操作系统啥的，大致都了解。"

"我们先改了界面，它一上来操作台屏幕上有一个固定画面，显示哪儿哪儿哪儿，什么地方什么地方，然后什么名字之类的。因为你一套程序拷贝三份儿，装在三个区域中心。你总不能三个区域中心都叫同一个名字吧？还是外国名儿，"张希白说着说着笑了起来，"所以必须得改。我们就从这地方开始练手。"

"然后熟了，我们就该改哪儿就改哪儿，改好了就试，不通就找问题，继续改，最后就完成了。"张希白语气轻松地补充道，"这三个区域中心（的通信系统计算机化）就这么建成了。"

根据张希白等几位老同事的回忆，在完成了武汉、上海、广州三个区域中心通信系统计算机化改造后，国家气象局从其他项目中挤出经费，又将沈阳（东北区域中心）、兰州（西北区域中心）两地的通信系统完成了计算机化改造。

"在弄成都（西南区域中心）的时候，有点儿意思，"张希白陷入了对当年的回忆，"这好像是 88 年、89 年的事儿。当时有个单位（恕笔者隐去该单位的名称），他们进了一批 VAX-780（DEC 公司 VAX 系列小型机产品）。后来发现进多了，就有一台搁在那儿用不上，他们就想处理了它。后来咱们听说了以后，就通过关系用低价把它给弄过来了。"

"VAX-780 的性能比 PDP-11 要高不少，咱们捡了个大便宜。

"但德国这个程序（通信软件）能不能搬到这个 VAX-780 上？当时南楼机关那些人说不准，然后有个姓孙的处长，他当时在世界气象组织做一些工作。他找我谈，说能不能把 PDP 上的程序挪到 VAX 上去。要是移不上去，咱们就得去跟人家买这个德国软件的 VAX 的版本，那就要花很多钱，而且是外汇。当时是八十年代，咱们国家外汇不多。要是咱们自己能做成，这笔外汇就省了。

"后来我说那我试试吧，就开始琢磨起 VAX 了。

"最开始我们搞高速通信软件，就是跟奥芬巴赫通信的那条线路。咱们这边的计算机是 M-160（日立计算机），编程序用的是汇编语言，最底层的那种，相当于机器语言。后来世界气象组织贷款的那三套 PDP-11，用的是 C 语言，就是德国的那套程序，咱们有它的源程序。现在 VAX-780，它底层还是 C 语言，但是它的 C 语言跟 PDP-11 不一样了。

"其实后来你琢磨清楚你就明白了，它两个 C 语言（VAX-780、PDP-11）不一样，主要是函数库有些不同，个别的地方有些不太一样。

"当时我，小施，施培量（后任国家气象信息中心首任中心主任），当时小施毕业后就分到我那个组，跟着我一块儿。后来还有徐杰芙，我们几个一块儿，最后就把 PDP-11 上的那个高速通信软件移植到 VAX-780 上去了。成都（西南区域中心气象通信系统升级改造）就也弄成了。

"所以后来 1992 年，BQS 系统升级改造，换成 VAX 系列计算机，通信系统方面就没费什么力气，因为以前都弄过了，都是现成的。"张希白最后补充道。

就这样，在 BQS 系统正式业务运行后的数年里，几大区域中心的通信系统也陆续完成了计算机化升级改造工作，形成了与北京之间的高速通信链路。当地气象业务部门得以从北京获得大量的国际和国内气象情报和资料，气象预报服务水平因之大幅提升。

BQS 系统功不可没。

所有建设者和运行维护者功不可没。

荣获国家科技进步一等奖

1984 年 9 月，国务院设立了国家科学技术进步奖。1985年，BQS 系统以国家气象局北京气象中心电信台完成的《计算机自动化系统在气象通信中的应用》为题，代表国家气象局获得了首届国家科技进步一等奖。还有另外两个国家气象局的申报项目同时也获得了一等奖，完成单位分别为北京气象中心下属的气象台和数值室。

值得一提的是，BQS 项目获奖申报书上填报的项目主要完成人名单中，姚奇文、蔡道法、赵振纪、应显勋、徐家奇、张希白等皆名位前列，后面还有一长串各组的负责人和各小组成员。

名单中没有一位中心领导，更没有一位局领导。作为 BQS 项目的发起人、组织者和总负责人，邹竞蒙局长仅以参会代表身份出席了 1986 年 5 月在北京人民大会堂举行的颁奖大会，目送并见证了项目获奖人代表登台领取象征着荣誉和辉煌的奖牌和奖状。

这就是上世纪的八十年代！一个令经历者眷恋和怀念的年代。

十二年后光荣退役

自上线正式业务以来，BQS 系统一直稳定运行，极少发生故障。然而，随着通信线路上传输资料量的呈指数倍增长，很快便超出了原系统所配计算机的能力设计上限。BQS 系统两台"主机"（M-160 机）逐渐显得不堪重负。终于在 1992 年，国家气象局筹措资金，引进了数台处理能力高出 M-160 机数十倍、当时在业界性价比甚好的 VAX 系列计算机，将其替换了下来。

BQS 系统的"M-160 时代"正式结束。

据说，在 M-160、M-170 计算机正式下线之后，日立公司曾派官员专程来到 M-160 机房，向已经停机的 M-160、M-170 机鞠躬致敬，并洒下了热泪。

此后的数年里，国家气象中心有关部门根据形势发展的需要，逐步将 BQS 系统按类别划分成了国际和国内两个通信业务系统，分别予以相应的建设和维护；并依托"9210 工程"，建起了令当时国内许多行业部门驻足瞩目的"气象卫星综合应用业务系统"，彻底解决了国内气象通信方面的卡脖子问题，为我国数值天气预报业务的飞速发展奠定了坚实的通信基础和数据基础。

遗产盘点

回首往事，我们惊奇地发现，BQS 项目在当年曾无意中创造了许多个"第一次"。对此，笔者的老领导、老同事、当年自始至终在系统组擘画项目总体规划的王春虎老师曾总结道：

BQS 系统是中国气象局历史上第一个现代化工程项目。由于该项目的建成，使得我国气象通信从 80 年代初在国家一级告别了手工作业通信方式，在全国通信行业中率先实现了计算机自动化通信，是我国第一代自动化通信系统。

BQS 项目中百万次大型计算机的引进及成功应用，在我国尚属首次。

BQS 系统的建成，使得我国气象通信能力从以前的 42 条通信线路增加到 128 条；气象电报的传输时效提高了 1~3 小时；通信传输和处理能力每天从以前的 3 兆字节增加到 15 兆字节。气象填绘图业务从人工作业方式，迈向自动化填绘图，效率提高了 5 倍。

BQS 系统的建成，为我国数值预报的发展提供了良好的算力条件，使我国气象数值预报业务得以走出实验室，从 A 模式、B 模式起不断地以业务形态向前发展。

BQS 系统中北京至奥芬巴赫之间的高速线路，是世界气象组织全球电信系统（GTS）主干网中第一个实现 9600bps 高速传输的线路段。

BQS 系统的建成，使北京成为名副其实的世界气象组织亚洲区域气象通信枢纽，充分发挥了我国在世界气象组织中的作用，大幅提高了我国在国际气象领域中的地位。

至于 BQS 系统留下了哪些东西，王春虎也做了如下思考：

BQS 项目首次引进国外先进计算机技术、工程化的系统设计和软件开发技术、规范化的工程与系统管理技术。

1. 工程建设严格遵循系统工程规范的阶段，即，系统调研与分析、系统功能规格书设计、系统数据规格书和接口规格书设计、计算机系统硬件制造、硬件安装与测试、系统软件设计、应用软件设计、软件测试、系统综合测试、系统综合验收等。这些规范为气象系统后续的工程建设提供了宝贵的经验。

2. 应用软件开发采用日立公司的软件工程技术和软件设计规范，并严格依循顺序经历了各个规范阶段，包括：软件功能规格书设计、软件结构规格书设计、软件模块设计、程序编码、程序单调（单元测试）、程序联调（集成测试）、综合联调（系统测试）等。这些规范和阶段的确立为我国气象部门未来的软件研发工作提供了宝贵的软件工程化经验。

3. 由于采用中日双方合作的方式，共同进行系统总体功能规格设计、通信应用软件设计和工程管理，我们不但成功地完成了系统建设任务，更重要的是培养了一大批有经验的系统设计人才、计算机硬件人才、计算机软件人才和系统运行管理人才，学到了一整套进行自动化系统建设、自动化系统运行的经验和方法。以上经验和人才，在以后的气象现代化建设中均发挥了重要作用。

在笔者访谈的诸多老同事中，几乎所有人都对上述思考表示赞同，并对这些经验没有被很好地传承下来表示了深度的失望。

白驹过隙，沧海桑田，自 BQS 系统建成至今已过去了四十多年，世界 IT 界发生了天翻地覆的变化。信息技术如氤氲的空气一般无声地渗透到了我们生活、工作的每一个角落，我们理所当然地享受着信息技术给我们带来的各种便利、各种舒适，甚至各种愉快。

现在，让我们在疾驰的道路上暂停片刻，驻足回望，看看前人走过的那些崎岖、那些坎坷，以及那些曾经为我们披荆斩棘、开拓出前行大道的人们吧。他们是我们的昨天，他们是我们的前世。没有他们，我们走不到今天。

2024 年 4 月 6 日，初稿正式形成
4 月 26 日，根据反馈意见完成初稿修订
4 月 28 日，初稿再次修订
5 月 15 日，补写后记及致谢

后 记

我是在退休以后才开始真正了解 BQS 系统的。虽然在局大院里工作了近四十年，但直至退休的那一刻，对我而言，BQS 系统一直是一个被老同事们时常提及并引以为傲，而在文字记载中却甚少提及的神秘的存在。

2018 年，为纪念国家气象信息中心成立 15 周年，中心办公室召集部分人员座谈，商讨筹备纪念活动的相关事宜。在会上，老领导王春虎曾提出建议，希望信息中心能组织力量，对当年的 BQS 系统做一次全面的回顾和总结，我因此开始对 BQS 系统暗暗产生了兴趣。

说来惭愧，在我开始对 BQS 系统产生兴趣、开始试图了解时，我竟然连我的同事中谁参与过该系统的建设这么一个简单的事情都搞不清楚。在我试图向那些比我老的老同事们打听究竟有谁参加过该系统、我该向谁了解请教的时候，令我更加惭愧的事情出现了：在我请教的诸位老同事中，竟有一多半都参加过该项目的建设。只是在我试探着询问能否请教其相关问题时，多半老同事都表示事情过去太久，许多往事已记不清了。有些人干脆建议我去找姚奇文、找徐家奇、找张希白等，并表示可惜蔡道法先生过世太早，不然你不用费事儿，找蔡道法一个人就足够了云云。而且几乎所有人都在说，这个系统应该写，早就应该好好写了。这么棒的一个系统，当初这么有名、这么辉煌的一个系统，怎么就没人写呢？再不写可就被人忘光了。这些话既刺激了我的好奇心，又让我隐隐感觉到 BQS

系统的庞大和复杂，以及想全面了解它所要面临的难度和深度。

退休使我从繁杂的事务中解脱出来，我有了不少可供自己支配的时间。而随后不期而至的三年疫情，尤其是得知应显勋老师因罹患阿尔兹海默症而逐渐失智，让我感受到了世事的无常。2023 年夏天，我把想写一个关于 BQS 项目的类似于"口述历史"的想法告诉了王春虎老师和蒋克俭老兄，二位亲历者皆鼎力相助。在他们的建议下，我试着给中心办公室写了份简要说明，希望得到中心方面的认可。中心办公室周新颖主任对此表示非常支持，并指示中心老干办具体负责"口述历史"中访谈的相关事宜。

于是，我便不知深浅地走上了这条"不归之路"。

确定访谈对象、安排访谈，以及整理访谈录音笔记等事宜，虽然工作量浩大，但一步一步做下来，也就一步一步地完成了。令人意外的是，相比较国家气象中心以及中国气象局机关档案室而言，国家气象信息中心所藏 BQS 项目的档案少得令人瞠目。好在访谈者中尚有当年亲历者个人珍藏的一些项目相关文档，尚未随着岁月的流逝以及个人生活的变迁而遗散。所以，在本书形成的过程中，访谈工作至关重要。没有诸位受访者这总共三十余万字的口述资料，本书的完成几乎没有可能。本书名副其实地是一本"口述历史"。

"口述历史"不可避免地会触碰到当年那段不堪回首的历史。作为过来人，我的想法是通过项目这条主线，把所有与之相关的人和事都有机地串联起来，给现在和未来的年轻人一段尽可能完整、真实、有血有肉、有喜有悲的文字记载。而且我认为，如果无法尽可能客观、完整地将那段历史恰当地反映出来，年轻的读者们便无法真实体会到当年该项目建设者所经历的艰辛和曲折，从而无法感受到他们的可贵和可敬——当然，心愿是一回事，能否达到预期效果则是另一回事。

也正因为是"口述历史"，为尊重受访者，最初的文稿中每一段口述记载都注有口述者的姓名。然而，在我将初写的几章拿给一位编辑请教时，该编辑建议我在撰写过程中要注意突出"事件"和"过程"，文中过多出现的人名可能会影响读者对事件和过程的关注度。于是，在后续的几稿中，我将大部分口述人的姓名隐去，代之以"一位……的老同事"。效果果然好了许多，但我也因此在心中永远存下了对那些被隐去姓名的受访者的歉意。

撰写的过程，也是逐步深入了解项目建设以及建设者们所经历的种种曲折、种种坎坷的过程。虽然在书写中时常提醒自己要尽可能保持一副平静平和的心态，但总是在不知不觉中，自己的情绪便开始与这些当年的建设者们融在了一起。与他们一起欢乐，与他们一起焦急，与他们一起兴奋，也与他们一起沮丧。有时我甚至恍惚觉得自己就是他们中的一员——我几乎陷进去不能自拔了。

文稿写完了，我像卸下了一副背负了近一年的沉甸甸的背包。既有期盼已久的轻松，也有一种莫名其妙的怅然若失之感。

希望我的文字能够对得起当年那些艰苦跋涉的建设者们。

沈文海

2024 年 5 月 18 日

致　谢

首先，我要由衷地感谢接受我的面对面访谈的各位前辈、老师和同事们。他们是（按访谈顺序）：

王春虎、赵振纪、姚奇文、高华云、吴增祥、董庆、徐家奇、纪才汉、李昌明、梁孟铎、李毅、曲晓奇、张希白、陆雅维、赵西峰、陈德全、刘平。

其中访谈两次以上的有：姚奇文、王春虎、赵振纪。

没有以上各位前辈的口述，本书的成型是不可想象的。

访谈中姚奇文、王春虎、赵西峰、纪才汉等前辈严谨的工作作风和丰富的人生经历，徐家奇、张希白等前辈年届高龄而依然敏锐的思维和谈锋，以及董庆、李毅、陆雅维等老同事对当年青春年华的鲜活记忆，都给我留下深刻印象。

曲晓奇老哥哥身染沉疴，带着埋在体内的透析管，从北郊自费打车赶到局大院接受我的访谈，令我极为感动。顺便说一句，曲兄就是当年那几位身形瘦小、钻进风道里用抹布擦拭风道的年轻人之一。

除上述各位前辈外，接受电话访谈的有蒋克俭、李春来、孙修贵、余永泉等。此前克俭兄见我有撰写此书的意向，曾对我鼓励有加，使我终于有了动笔的勇气。撰写期间克俭兄不在国内，通过越洋电话，我与他有过十余次的沟通和问答，弥补和矫正了原稿中许多细节和不确之处。

孙修贵老哥在电话里的讲述以及此后提供的文字材料，对更加细腻、完整而准确地描述当年的工作和生活，有极大帮助。

在我对当年许多通信系统的现状以及技术原理不了解或出现困惑、因而不得不电话咨询气象通信资深专家李春来时，春来兄耐心的不厌其烦的解释，使我获益甚多。我欠春来兄一个不小的人情。

在我一度困顿迷茫之时，成都信息工程大学的舒红平副校长给了我一如既往的鼓励和支持，对舒校长我始终怀着深深的感激。

其次，我还要感谢国家气象信息中心老干部处的沈军和闫威，以及中心办公室的周新颖主任和阮元龙小友。他们自始至终全力支持我的这项工作，并为我的访谈、档案查询，以及文档后期整理提供了不小的帮助。

最后，我要感谢我的夫人章燕教授以及我的儿子沈晨笛。两位家人非但是此书撰写过程中各章初稿的第一读者，而且在撰写期间自始至终给了我心灵上莫大的慰藉。

沈文海

2024 年 8 月 9 日

参考资料

专著

1. 邮电部设计院：《电子计算机转报》，人民邮电出版社，1978年。
2. 戴维斯：《世界气象组织四十年》，气象出版社，1992年。
3. 裘国庆等：《国家气象中心50年》，气象出版社，2000年。
4. 国家气象局办公室：《国家气象局大事记》（1949—1959）（1960—1984）（1985—1995）。
5. 中国气象局：《新中国气象事业70周年大事记（1949—2019）》，气象出版社，2019年。
6. 刘英金等：《风雨兼程——新中国气象事业回忆录》（第一集），气象出版社，2006年。
7. 同上，第二集，2007年。
8. 同上，续集，2008年。
9. 中国科学技术情报研究所：《出国参观考察报告（80）009：日本电子计算机的应用与研究》，科学技术文献出版社，1980年。
10. 气象赤子——深切怀念邹竞蒙同志编委会：《气象赤子——深切怀念邹竞蒙同志》，气象出版社，2000年。
11. 郑国光等：《气象赤子——纪念邹竞蒙同志80周年诞辰》，气象出版社，2009年。
12. 石永怡等：《风雨人生》，气象出版社，2009年。
13. 骆继宾：《风雨留痕》，气象出版社，2017年。
14. 延安时代的气象事业编委会：《延安时代的气象事业》，气象出版社，1995年。
15. 中国气象学会：《我与新中国气象事业》，气象出版社，2002年。

16. 邹竞蒙：《中国发展全书》（气象卷），红旗出版社，1997 年。

17. 中国气象局办公室：《气象多棱镜》，气象出版社，2016 年。

18. 中国气象局编《气象往事：气象科技展馆里的故事》，气象出版社，2021 年。

19. 森口繁一：《穿孔卡计算机》，上海科学技术出版社，1964 年。

20. 上海科学技术情报研究所：《国外电子计算机发展概况》，1974 年。

21. 中国科学技术情报研究所：《出国参观考察报告（80）013：英国、法国、荷兰、丹麦计算机》，科学技术文献出版社，1980 年。

22. 《新中国气象事业回忆录》（第一、二、三、四集），内部交流，1999 年。

23. 国家气象信息中心：《我们的故事——国家气象信息中心 15 周年纪念》，气象出版社，2021 年。

24. 徐祖哲：《溯源中国计算机》，生活·读书·新知三联书店，2015 年。

25. 成都气象学院编印《气象通信系统》，内部教材，1981 年。

文献

1. 应显勋：《北京气象枢纽系统软件概况》，《气象科技》1982 年第 5 期。

2. 吴贤纬：《北京气象中心 BQS 计算机系统概况》，《气象》1979 年第 3 期。

3. 吴贤纬：《电子计算机在气象业务上的应用》，《气象》1979 年第 4 期。

4. 施嘉宝：《介绍地面气象报表的计算机处理》，《陕西气象》1982 年第 10 期。

5. 周世尧：《气象通信的回顾与展望》，《四川气象》1989 年第 12 期。

6. 杨家治：《气象通信机房控制台的试制》，《气象》1979 年第 11 期。

7. 蔡道法：《气象通信网》，《通信产品世界》1996 年第 6 期。

8. 李黄、王春虎：《气象通信网络和计算机系统工程》，《中国工程科学》2000 年第 9 期。

9. 蔡道法：《气象与通信》，《四川气象》1991 年第 2 期。

10. 张菊生：《全球气象电信系统和北京—东京气象线路》，《气象》1979 年第 1 期。

11. 李明皓：《新一代气象通信网》，《辽宁气象》1995 年第 12 期。

12. 《国产电子计算机型号—性能—价格及生产厂家一览表》，《电子技术应用》1979 年第 5 期。

13. 《国产电子计算机外部设备型号—出厂—省略—价格及主要技术指标—生产厂家一览表》，《电子技术应用》1979 年第 5 期。

14. 苍山：《国产计算机简况》，《工具技术》1982 年第 10 期。

15. 刘运田：《国产计算机现状与推广、应用情况》，《四川机械》1982 年第 10 期。

16. 李国杰：《走向产业化的国产高端计算机》（上），《中国信息导报》2000 年第 3 期。

17. 同上，（中），第 4 期。

18. 同上，（下），第 5 期。

19. 《150（DJS—11）机的软件》，北京大学学报（自然社会版），1974 年第 12 期。

20. 陈正清：《纪念图灵诞辰 100 周年所想到的——追忆我国第一台百万次集成电路电子计算机 150（DJS11）机的诞生》，《计算机教育》2012 年第 6 期。

21. 《首届国家科技进步奖发奖大会——一千七百六十一个项目获奖》，《瞭望周刊》1986 年第 5 期。

访谈记录

1. 王春虎访谈记录文字稿（2023 年 8 月 23 日）

2. 姚奇文、王春虎、赵振纪、高华云访谈记录文字稿（2023 年 9 月 7 日）

3. 赵振纪访谈记录文字稿（2023 年 9 月 14 日）

4. 姚奇文访谈记录文字稿（2023 年 10 月 11 日）

5. 王春虎访谈记录文字稿（2023 年 10 月 12 日）

6. 赵振纪访谈记录文字稿（2023 年 10 月 16 日）

7. 吴增祥访谈记录文字稿（2023 年 10 月 17 日）

8. 孙修贵访谈记录文字稿（2023 年 11 月 5 日）

9. 董庆访访谈记录文字稿（2023 年 11 月 13 日）

10. 徐家奇访谈记录文字稿（2023 年 11 月 15 日）

11. 纪才汉访谈记录文字稿（2023 年 11 月 16 日）

12. 李昌明访谈记录文字稿（2024 年 1 月 0 日）

13. 梁孟铎访谈记录文字稿（2024 年 1 月 4 日）

14. 李毅访谈记录文字稿（2024 年 1 月 5 日）

15. 曲晓奇访谈记录文字稿（2024 年 1 月 8 日）

16. 张希白访谈记录文字稿（2024 年 1 月 9 日）

17. 陆雅维访谈记录文字稿（2024 年 1 月 19 日）

18. 赵西峰访谈记录文字稿（2024 年 1 月 22 日）

19. 陈德全访谈记录文字稿（2024 年 1 月 31 日）

20. 刘平访谈记录文字稿（2024 年 2 月 7 日）

21. 姚奇文访谈记录文字稿（2024 年 4 月 20 日）